# 太平年

李焕然

著

南方出版传媒 花城出版社

中国·广州

图书在版编目（ＣＩＰ）数据

太平年 / 李焕然著. -- 广州：花城出版社，
2018.9
  ISBN 978-7-5360-8703-3

Ⅰ. ①太… Ⅱ. ①李… Ⅲ. ①长篇小说－中国－当代
Ⅳ. ①I247.5

中国版本图书馆CIP数据核字(2018)第151952号

出 版 人：詹秀敏
责任编辑：陈诗泳
技术编辑：凌春梅
装帧设计：WONDERLAND Book design

书　　名　太平年
　　　　　TAI PING NIAN
出版发行　花城出版社
　　　　　（广州市环市东路水荫路11号）
经　　销　全国新华书店
印　　刷　佛山市浩文彩色印刷有限公司
　　　　　（广东省佛山市南海区狮山科技工业园A区）
开　　本　880 毫米×1230 毫米　32 开
印　　张　9.875　1 插页
字　　数　205,000 字
版　　次　2018 年 9 月第 1 版　2018 年 9 月第 1 次印刷
定　　价　42.00 元

如发现印装质量问题，请直接与印刷厂联系调换。
购书热线：020－37604658　37602954
花城出版社网站：http://www.fcph.com.cn

人生中的第一部作品

献给

天上的爷爷

一部战争年代的罗曼史。

一本新世纪的章回旧体小说。

一场古老东方式的欲诉无言、爱而不得。


当一座城的陷落成全两个人的姻缘，

当乱世的别离改写他和她的故事，

当时间成为桎梏，

当故人初心已改，

当命运扼住咽喉，

时代与人生的纠缠，在《太平年》上演。


没落贵族的挣扎与悲哀，才子佳人的世俗与深情。

当颠沛流离成为注定，当机缘巧合成为蓄谋，

战火中重逢的他和她，是否还是曾经的模样？


如织锦绣缎般细腻的忧伤，似复古印刻般深沉的甜蜜，

《太平年》重现泛黄岁月里的真实轮廓。


多情自古空余恨，好梦由来最易醒，

久久分离中短短的相逢，就是他和她的《太平年》。

## 《太平年》是我的蝴蝶

　　我最爱安静的夜晚，因为只有这样的夜晚，能使我感到时间在被无限延长，延长到足够我随心所欲地胡思乱想，而没有额外的人和事来打搅，这时的我又快乐又悲伤。

　　我常常在想，我能在这个我所活过的世界上留下些什么，这个短短的问题，让我禁不住地想，翻来覆去地想，不明白。

　　这个世界上有那么那么多的人，有些人仿佛从出生就能看到他们生活的结尾，平凡地出生，渐渐成长，渐渐感悟，然后满意地叹息一声。尘归黄土，一年，十年，一百年，一千年，时光渐渐逝去，他们的骨骸与泥土融为一体，渐渐消失，就如同他们曾经存在的记忆，在某个树影斑驳的夏日，被穿梭在空气中的炙热阳光付之一炬，从此无踪无迹，残忍地，决绝地，好像他们从未活在这里。

这种脚踏实地的人生，从来不懂透支的美好。可是这样的人生也是完整的一生啊。也有回忆，虽然总是让人惆怅；也有美好，尽管已经过去；也有烦恼，即便只会让人再度烦恼，要说遗憾，也总会有的，这是任谁也无法逃离的桎梏。

　　我有时候会毫无道理地突然彷徨，为我自己也不懂得的缘由。我只是任凭这种彷徨在心脏上方慢慢繁衍，像巨大树木的枝丫，把天空分割成一格一格的几何图形，投射下的阴影一直延伸到记忆的尽头，像一汪深深浅浅的绿色海洋，在空气中发酵，酿出好喝的味道。为什么彷徨呢？

　　我还是不懂。

　　我唯一想知道的，是我要在这个世界上留下些什么，成为我活过的证据。

　　那么留下些什么呢？我每天随着匆匆的人群来去，完成各种各样的事情，其结果却往往连我自己都不能满意。每一秒，每一分，每一刻，每一时，我为着我所追求的追求而疲惫地追求着，在旧梦里编织着美妙的新梦，在新梦里又重温着远去的旧梦，满足，却又不满足。现在，初秋的太阳又斜了，太美丽的傍晚，总觉得它会从窗户微开的缝隙中悄悄流逝，亦如我悄悄流逝的年华，不悲伤吗？

我最崇拜的作家写过一篇很独特的小散文，名字叫作《爱》，这一直是我很钟爱的，其中最感慨的是这一句："于千万人之中遇见你所要遇见的人，于千万年之中，时间的无涯的荒野里，没有早一步，也没有晚一步，刚巧赶上了，那也没有别的话可说，唯有轻轻地问一声：'噢，你也在这里吗？'"

我说不清楚这种相遇，这世界上有太多太多种的相遇与别离，也许就像《小团圆》的开头和结尾，像《斯巴达克斯》里奴隶起义的义军在晨雾中遥望罗马大军摆阵，所有战争电影里最最恐怖的一幕，是因为完全未知，下一秒将要出现在生命里的事，不论是相遇还是别离，都是完全的未知。而这其中的等待，则被期待和恐怖融为一体，我唯一可以肯定的是，我相信这是种有价值的等待。

被等待的感觉总是幸福的，更重要的是，这是个有希望的等待。

如果我的生活中存在这种等待，我想我是愿意接受的，且不论它结局如何。这种等待，像蝴蝶。每一只蝴蝶都是从前的一朵花的灵魂，回来寻找它自己。这场渺茫的寻找，无际，无限，无垠，唯一的线索就是："我记得，你曾经在这里。"

《太平年》是我的蝴蝶。

所以，如果要我回答，在这有限的生命里，我到底希望留下些什么呢？我想我要留下我的蝴蝶，就算花朵等不到了，就算又过去了一年，十年，一百年，一千年，寻找也会继续，继续这场等待。

我的蝴蝶承载着我的灵魂，令我永远能够与之相遇，无论经历多久的等待，即使我们终究要与彼此别离。

我认为它值得。

完成《太平年》这部小说，林林总总算起来，有接近一年半的时间。从夏天到现在的这几个月里，我对于《太平年》的故事思考了很多。在我看来，这本小说故事性并不是很强，主要的美感在于时代和情境的描写，贯穿整本小说的重点是"往事"，其质感更像是"一种若有似无的怅然若失"，所有的怀恋都在过去，所有的悲喜都是无奈。也因为如此，我最终还是不愿过度地用太多"留之无味，删之可惜"的篇幅来扩张情节，我更希望这本小说一直保留着这种淡淡的哀伤，在记忆里戛然而止，留下一种徒劳而无力改变的失落。

回想创作这部小说的经历，令我感到自己仿佛重新活了一辈子。像我这一代在都市文化中长大的人，借用张爱玲的一句话，一向是先看到海的图画，后看到海，先读到爱情小说，后知道爱。创作《太平年》几乎用了我所有可能的想象力，《太平年》让我明白，所有的感情都是纸上谈兵，除非真的切身体会过。

在《太平年》的章回题目中，我借用最多的是纳兰性德的悼亡词。王国维说，"纳兰词独具纯情锐感，不假工力，直指本心"，我一直很喜欢这句点评。还记得，我第一次看到这一句话还是中学的时候，那时年纪小，只有些不知所谓的期期艾艾，并不能懂得其中深意。直到我渐渐长大，心境越来越不一样的时候，我才愈发感到王国维用词的敏锐，"纯情地悼亡真心"，这不仅仅是纳兰词的魅力，更是《太平年》这部小说的立意所在。

我用尽全力，想要用我的语言创造一个干净而纯粹的感情世界，哪怕这世界上根本没有《太平年》里那些所谓的真心。我唯一的心愿仍旧是，当一个人沉浸在《太平年》的故事中，他会相信，起码在《太平年》有限的小说世界里，能看到现实生活里缺失已久的，那一点真心。

# 太平年·雪

雪霁初晴冬阁暖

梦中红袖挽

故园无处话心声

忆昔时缱绻

琼华霏霏寒天远

花朝月夕短

一醉方休难

星落人寰

（判词·林之衡）

## 太平年·梅

青梅映树楼映窗

一日好天光

暗香清浅风满袖

层林尽沧沧

枝间新绿千红藏

执手试梅妆

月下影成双

不诉离殇

（判词·季媮西）

太平年·莺

千里莺啼一江水

风拂花间蕊

萋萋卉木惜长夏

唯恐鹂歌微

日暮途穷仓庚飞

相思燕南归

庄周蝶梦回

心字成灰

（判词·欧阳南山）

· 目 录 ·

第一章

梦里不知身是客

算到这年耶诞节，婣西到香港已满两年有余了。

香港素来湿热，常常一天里要淅淅沥沥地下好几阵雨，从前不惯用伞具的婣西，现今也会随身带把印花小伞，以免还未到课室就被淋得透湿，潦倒如同落汤鸡，这种滋味，婣西自认经历一次也就够了。原本从校舍到课室的路并不太远，柏油山道也修得平整，但因学堂建在山间，校舍却在山脚，如此一来，婣西每次上课便要蜿蜒地沿山道绕几个弯。在两侧蓬勃的树木夹出的山道中穿行，抬起头来，连水蓝的天也被层叠的枝丫割成了一格一格的几何图形，有时走得久了，会恍惚分不清前方隐约的浅蓝到底是天还是海。

每次下了课走回校舍，婣西都会薄薄地出一身汗，山风一吹，会冷得打个激灵。婣西便在阴丹士林旗袍外面套一件长袖白毛线衣，像其他爱叮毛的女孩子一样，比起旗袍，婣西也更爱洋装，但为着经济的缘故，没有特别的场合，她绝舍不得穿那仅有的两件洋装。香港的生活成本一天天地涨，婀西最初从北平带来的财物，用的用，当的当，须要好生计划才能供她自己读下大学。

香港之于婀西，是异邦人的避难所，是这座最南端的小城，在婀西最艰涩的日子里，恰好地递去了救命的良药。北平之于婀西，是又抗拒又向往的矛盾体，是她曾经决绝离去的故乡，却在异乡疯狂地思念当初那个决绝的城市。这种思念的源头，迷蒙地，模糊地，夹杂着淡淡的迫切，在婀西的心底生了根，发了酵。香港的春来得早又去得晚，不到三月便能开出满山的杜鹃花，山间风急，往往一阵风过便有大片大片的火红在细雨里飘舞，簌簌落落，仿佛落也落不完，红也红不尽。婀西经常走着走着，就被纷纷扬扬的花瓣迷了视线。每当这时，婀西总是想起故乡的雪，那年北平的雪花也是这样，走在路上会被翻飞的风雪蒙了眼睛。

婀西回到校舍，发现苏墨棋还在睡觉。婀西不便打扰她，便脱了线衣随手搭在椅上，懒懒地侧卧着歇在床上，不觉中竟睡了起来。蒙眬中婀西觉得鼻翼发痒，用手拍扇几次都做徒劳，婀西这才反应过来，猛地张开眼睛，便看见苏墨棋那笑成月牙似的绿幽幽的眼睛，手里拿着一只芭蕉叶茎笑得七上八下。苏墨棋淡绿的眼睛衬得她的肤色愈发地白，而那白又与中国人的白自不相同，那是一种沉重的、不透明的白。苏墨棋不过十七八岁，可她稀朗朗的漆黑的睫毛，墨黑的眉毛，油润的猩红的厚嘴唇，使得她美得带点成熟的肃杀之气。据说她的宗谱极为复杂，至少可以查出阿拉伯、尼格罗、印度、英吉利、葡萄牙等七八种血统，中国的成分主要来自母亲一脉。苏墨棋被华人母亲一手养大，对黄皮肤的女孩子总是显得格外亲热，对嫦西也不例外。

苏墨棋咬着她不甚流利的腔调道："我可不是故意闹你，今天有人寄了包裹来，喏，就是这个。"

墨棋递过一只用棕油纸包裹的四四方方的纸盒子。

嫦西好生奇怪："哦，是谁送来的？"。

墨棋回答："我只见到邮差，一见是你的，便接下了。"

嫦西点头。

墨棋又问："耶诞舞会我替你约了一个很好的舞伴，你一定会中意的，你答应过我就一定要来的，不然那人会怪我放鸽子。"

嫦西胡乱答应着，心中却在疑惑那个包裹的来历，自从季家老太爷故去，主动联络她的人越来越少。嫦西心下奇怪，仔细拆开包裹。那包裹却异常精美，里里外外一层又一层，嫦西拆得十分费力，在最后一层棕油纸拆去后，嫦西盯着那包裹呆呆地愣住了。那是一个青色的裂纹小瓷罐，罐顶端上嵌着一个白玉小鹦鹉，活灵活现。嫦西拿手指轻轻地抚过罐顶，只觉冰凉沁骨，打开盖子，罐子里竟是满满的青梅。

嫦西的指尖颤抖了，她遇见了往事。


嫦西还记得，那年北平的深冬，下了很大的雪，一个天色阴郁的傍晚，嫦西双脚盘坐窗边，随手读着月报上的新刊，抬眼便能望到将落的夕阳。窗沿边一样摆着个裂纹青瓷小罐，里面装着半满着的乌红梅子干，媮西其实早腻烦了梅干，可现下时节，要买到新鲜的梅子实在难得，因而虽万分恼人却也是无可奈何。

待到入了夜，街上更显肃杀，在这样的天气里，电车早已停运，偶尔会有车夫驾马急急驶过，远远就能听见马蹄踏在雪地上的嗒嗒声。车轮在雪上走得艰难，马匹发出的沉重呼吸，瞬间便冻成了长长的白色的雾气，要好一会儿才能消散。寥寥行人也都穿得厚重，一只皮靴闷闷踏下去，会在蓬松的雪地上陷进去好大一截，再踏出的靴子便沾满了小小的雪粒，和靴子边沿的绒毛粘在一起，一进屋门便会软软化掉。

这年十五岁的季媮西还在为学校的功课发愁。慧文女中是新式中学，教会的氛围浓厚，仿照西式学堂也开设了英文和科学。要是没有这场雪，媮西本该在这天参加科学课的学期测验，但因大雪封城，学校也因此停课，将测试改在了来年春天的新学季。为此媮西窃喜，总算逃过了这磨人的测试，再看窗外的大雪，倒也没有觉得厌恶，反而生出了几分喜爱。

这天晚饭后不久，天光早已暗下，门房刚刚将大门上锁，可没过一会儿，又匆忙遣人来报，说是有人来访。按着季府一向规矩，晚上是不时兴出门做客互相走动的，如若晚上来了人，那多半是一等一的急事，从前革命军没来时，偶尔遇上宫里哪位得了急症，也会连夜要请季大夫，再要么，就是哪户亲友死了人，这才遣人来知会。

里间暖房里，季老太爷正歪在软榻上闲读。老太爷已过花甲，可须发却未尽白，一张稍嫌窄短的扁圆脸，常拄紫檀木拐杖，黑绸马甲上镶着一圈貂毛领子，最外的扣子没有扣合，散落的半截貂毛垂在肩颈上。

小厮来报时，季老太爷刚掷下茶杯，茶水似是有些烫口，他不耐烦地清清喉咙："是谁来了？"

门房双手递上一封三折短信，季老太爷紧着眉头，将信拿来，先是匆匆一瞥，旋即又细细看罢，之后便一迭声地喊人："快请，沏新近的碧螺春。"

下人们见状也知是贵客到了，一个个步履匆匆，老太爷显然是着急了，拄着拐棍在上房里踱了一个来回，像是突然想起了什么，急道："季全，叫上媺西，让她换身衣服，去客室，宜忠和宜清那里自不必说，明日大宴，一早再去知会他们。"

季全回道："大老爷和二老爷早已得到传话儿，刚还遣人来问要不要重新摆桌设宴。"老太爷拿拐杖杵了杵地，眉心微皱："告诉他们，不用多心，明日前来赴宴即可。"

季全道："是，老太爷，季全当下就去。"管家季全是季府下人里的一把手，从小时就做季老太爷的小厮，算起来，这已是季全在季府的第四十个年头了。

季全到时，媺西正在窗边读书，牡丹灯罩里的烛火发出扑的轻响，烛光摇摇一曳，忽闪了下，媺西便听得外间有人问张妈："三小姐可睡下了？家里来了贵客，老太爷急着要找三小姐呢。"

张妈本是媺西母亲陪嫁来的女佣，母亲去世后，张妈不愿再回姑苏，便留在季府照顾自己本家小姐留下的小小姐。张妈人善厚道，却也没什么主见，遇事总爱大惊小怪，但媗西明白张妈是为着她好的。媗西住的西苑是一幢三合小院，中间的三进大屋做了媗西的卧房，虽隔着一进中屋，媗西还是能些微听到张妈带着姑苏口音的回话："小姐还没睡下，我这就去叫，只是这个时辰了，竟还有客来？"季全忙着催促："听说是南边来的人，久没见老太爷这样急了，你快去叫三小姐吧，待小姐穿戴整齐便速来客室。"

张妈"嗳"了一声便小步急急走来，张妈缠了足，总是穿旧式的绣花布底鞋，在地上发出嗒嗒的响声，媗西听得耳熟，从脚步声就知是张妈来了。张妈考量许久才替媗西挑了件浅鹅黄绣蝙蝠的夹棉旗袍，袖口和下摆用金线镶了边角，颈上的扣子用珍珠替了，配着灯烛照映，更衬得媗西娇嫩，似是能在一双杏仁眼里看出灵气来。

媗西到时，季老太爷已同来客絮絮讲了好些话，见到媗西进屋，那客人赶忙起身。媗西见状便行了个旧式的请安礼，老太爷摆摆手示意媗西坐到他身旁的位子去，旁边侍立的丫鬟早已新上了一杯茶水到媗西面前。媗西见装茶的是那套少见的青瓷盖碗，盖尖嵌有翡翠，便知这定是姑苏新近的碧螺春。待媗西坐定，季老太爷便转首向来客道："林哥儿，这是我孙女媗西，你们曾见过的，可还记得？"

那来客回道："自是记得的，三小姐长大了，但旧时的模样却没大变，还是一样秀气的眉眼，不知三小姐可还记得在下？"

媗西这时才细细打量起祖父的贵客，对面的年轻人剪着新式的短发，墨绿的西装有些微皱褶，看得出是经过了长途奔波。他的一双眸子黑得像炭，乍一看不过二十上下，像个刚出大学堂的学生，但他气质沉稳老成，又远不止二十而已。婳西只觉似曾相识，又不好贸然妄言，竟愣愣地呆住了。

季老太爷轻声一笑，柔声道："傻孩子，这是欧阳家的少爷，论辈分，你该叫二哥。"婳西心头訇然，竟真的是他！

怎可能忘记了！婳西十岁那年正赶上祖父做寿，人来人往好不热闹，家里上上下下都忙得措手不及，两个堂哥也不愿陪她玩耍。婳西一人越发觉得无趣，却没承想在寿宴的傍晚，季府的大门口停下了部黑色的汽车，车子上下来了一位先生。婳西只听到祖父直呼那位先生"欧阳贤侄"，之后的几日这位欧阳伯伯一家在季府小住了几日，可奇怪的是他们的其中一位公子无论何时总以纱巾遮面，只留出乌溜溜一双大眼睛。

一日，婳西恰巧经过客房，见到王妈带着几个眼生的丫鬟在打扫碎掉的茶具，地上一摊棕黑色的污渍，嵌花的白釉瓷杯裂了几瓣。婳西凑近一闻，只觉一股浓重的药苦味呛进鼻腔，不由得连打了几个阿嚏，王妈听到声响，回头一望："三小姐，你怎么在这儿？"

婳西小嘴一噘，小小的手捏住鼻子，瓮声瓮气地说："王妈，好苦的药味！"

王妈忙扔下手里的活儿，踱着小脚去拉婳西："小姐哟，这里是客房，你小心走丢了都没人晓得，快跟我回去吧。"王妈一面扯着婳西往前走着，一面回头嘱咐着："等下扫完了，可别忘了给欧阳少爷重煎一服药来。"

丫鬟们闻声问道："那要是欧阳少爷又摔了药怎么办呢？"

王妈扯大了嗓门："那就再煎一服！"

媮西听得奇怪，歪着头问："王妈，是谁不喝药还砸碗？"

王妈听得眉头一皱："还不是欧阳家的那个二少爷，刚出完痘就不吃药，十几岁了还不懂事，和咱们的大少爷真是没法比，唉。"王妈原是大少爷季玮东的奶妈，玮东大了，有了自己的小厮侍女，王妈便不再贴身伺候，在大夫人房里做活儿，这几日老太爷做寿，府里人手紧张不够忙活，王妈便也帮着分担。

媮西仔细闷头想了会儿，猛地粲然一笑："他不吃药是不是怕苦？我有法子能让他不怕苦，王妈，你让我去跟他讲讲吧！"

王妈闻言紧着加快了脚步："哎哟我的小姐，这个乱子你就别去搅和了，快跟我回去吧。"

媮西撇着嘴，不情不愿地被王妈扯着走远。

第二日一大早，就听得西苑上下吵吵嚷嚷，鸡飞狗跳，季全匆匆赶来，问了一圈才知原是三小姐急着要吃冰梅子，可正值入秋，天气一天较一天凉，人人都在忙着加衣，哪里去找冰梅子？可三小姐正在兴头上，不找来冰梅子不罢休，竟要撸起袖子自己去树上摘梅子，最后惊动了老太爷，只好让季全带人去西山上打了一桶泉水下来。人间芳菲尽，山花始盛开，西山的泉水当真冰冽沁爽，浸下去的梅子不到一炷香时间，拿出来就清凉可人，一口下去，从舌尖到喉头，酸酸甜甜，冰凉生津。媮西馋嘴，吃了一个又一个，直到被张妈喝住，说是再吃就要闹肚子了。婑西才恋恋不舍地将手从梅子碟中挪开，张妈正要收拾，婑西突然叫道："张妈，我还想要一碟冰梅子，你再给我一碟好不好？"

"小姐不能再吃了，也不看看都什么节气了，哪里还能吃这种凉东西，会病倒的。"

婑西仍然执拗："张妈，求你了，就一碟，我不吃，求你再给我一碟吧！"

"你不吃，还要一碟做什么？"

婑西窃窃一笑，嘴角露出两个小小的酒窝："我想拿去给旁人也尝尝，好不容易才冰出这点梅子，我也想让哥哥们尝尝看。我的好张妈，求你了好不好。"

张妈最疼婑西，从来看不得她耍赖撒娇，在婑西一番磨叽之下只好点头："那好吧，就给你一碟，记得告诉少爷们不要多吃。"

婑西一见目的得逞，即刻就暴露了本来面目："是是是，我都晓得了都记住了，快给我冰梅子吧！"

见婑西抱着冰梅子像抱着宝贝一样小心翼翼，连步伐都轻慢了许多，张妈不觉笑了。

婑西踩着小步，慢慢走回了昨日客房摔药的地方，远远便望见一蓝衣少年倦怠地倚廊而坐。他身量还未长足，有着成长期少年常见的瘦削，头发考究地细细梳起，三七开分，那月白的薄绸子西式外套被他随意丢在一旁。他的面目因面纱遮挡而看不真切，只觉一双眼乌黑透亮，神气十足。

婻西悄悄走近，轻声问道："你今天还是没吃药吗？"

少年显然被吓了一跳，眉目一横，更显双眸漆黑："你又是哪里冒出来的多事鬼！"

"你这人真奇怪，说话这样没有道理，还凶巴巴的！"

"我说我的话，要你管！"

婻西也觉恼怒："你娘亲难道没教你如何说话吗？我是好心来看你！"

少年怒气更盛："我娘亲从未管我，我要怎样说话便怎样说话！"

婻西怒叱："你这样没有教养，你娘亲定是厌你至极才不愿管你！"

少年腾的一下翻身跃起直逼婻西面前："我警告你，快收回你的话，我看你才是没有娘亲管教的孩子！"

婻西只觉五脏沸腾，心里百味杂陈不知如何言说，憋红了脸才冒出一句："我本来就没有娘亲管教，我娘亲早就故去了！"

那少年见婻西满脸涨红，又闻其言，竟一下也憋红了脸："我又不知你娘亲故去了！"

两人你看我我看你，互相憋涨着脸，沉默了几秒，竟扑的一声同时大笑了出来。

少年笑得连呼带喘："你也不拿个镜子照照你的脸，简直像个红番薯！"

婻西也不示弱，连笑带说："应该你先看看你自己的脸吧，和猴屁股似的！"

少年仿佛泄了气的皮球："你到底是不是女孩子，满嘴屁股屁股的，知不知羞！"

婳西回道："那你也不看看你自己，狗咬吕洞宾，不识好人心！"

少年好似噎住了一般："你……"

婳西见他语滞，赶紧说道："你到底吃药没有？"

少年的眼神仍怀戒备，却轻轻地舒了一口气："你到底是谁？你是干什么的？"

婳西拍拍自己怀里的小瓷碟，俏皮一笑，嘴角的小酒窝粲然一绽："我是季婳西，我是来送宝贝的！"

那少年突然抓了抓额头，面颊上蒙上了一层淡淡的红晕："什……什么宝贝？"

婳西掀开瓷盖道："你尝一颗看看。"

少年将信未信，将疑犹犹疑地用手指夹了一颗小小的梅子，却迟迟不放入嘴中。

婳西看得直要流口水："你倒是快吃啊！"

那少年看到婳西那急赤白脸的样子，不禁一笑，大口嚼了一颗梅子，只见他眉头紧皱，快速咀嚼了几下，突然深吸一口气，整个人犹如拨云见日，云开雾散，大声问道："这是什么东西，竟如此可口？"

婳西狡黠一笑，眸中眼波流动："这可是我最爱的宝贝，冰梅子。有了它，什么难吃的苦药我都吃得下，不信你试试！"

那少年似意犹未尽，又一连吃了好几颗梅子，婂西看得焦急：
"哎，你别一下吃这么多啊，张妈说了，冰梅子不能多吃，吃多了
要生病的。"

少年不理，又两口吞下几颗梅子，看着所剩无几的梅子碟道："这
冰梅子你还有吗？"

婂西道："夏天的时候要多少有多少，只是现在节气不对，只
能用山泉水来冰镇梅子，很辛苦的。"婂西顿时神色失落了下去。

那少年道："别担心，我帮你去打山泉水，到时候咱们想吃多
少冰梅子就有多少冰梅子！"

婂西眼睛一亮："真的！可是……张妈说了，冰梅子不能多吃。"

少年不屑地一摆头："哪里那么多废话，你就说，你是想吃还
是不想吃？"

婂西一阵犹豫，还是点头大呼："想吃！"

少年开怀一笑："好！那首先我们须要找到新鲜的梅子，你知
道哪里有吗？"

婂西猛地点点头，又猛地摇摇头。

少年看得直皱眉头："我看你这人才是真的奇怪，一会儿点头
一会儿摇头，你到底知道不知道？"婂西解释道："我当然知道，
只是我告诉你梅子在哪里，你也得答应我一件事。"

少年不耐烦地催促道："还是这么多事，你要我答应什么事？"

婂西道："我告诉你梅子在哪里，你就要答应我每天都好好
吃药。"

那少年显然是未曾意料，一脸惊异。

婳西急忙问："你到底是答应还是不答应？你相信我，你吃了冰梅子就不怕药苦了！"

少年回过神来，磕磕巴巴回道："好……好吧。"

之后的许多日子里，婳西和欧阳二少一起"为非作歹"，简直逍遥自在，好不快活，竟成了府里出名的两个小魔王。他们一起在小池塘边捉蜻蜓，喂金鱼，揪鹦鹉毛，去厨房偷吃烧鸡，乱扔骨头。欧阳二少还用柳树叶子给婳西编了一只叶片蜻蜓，栩栩如生。婳西欣喜若狂："真好玩，你还会编更好看的吗？我还想要一只小黄鹂！"

欧阳二少不耐烦地撇撇嘴巴："你这人要求还真多，编个黄鹂可需要好大工夫呢，不是一般人编得成的！"

婳西急急问道："那你能编成吗？你肯定行是不是？"

欧阳二少表面一副毫不在意的神色，嘴角却还是悄悄牵起了一抹笑意："那是当然！"

这两个小人还偷溜去了西山扛回一大桶泉水，泡了满满一钵的冰梅子，吃得两人一同上吐下泻，被大人们指责得体无完肤。他们俩拉肚子拉得腿酸脚软，凑到一块儿时却还没心没肺地哈哈笑着策划如何去做下一次的冰梅子。

欧阳家只在季府留了半月，转眼就到回程的日子了。启程这天，二公子早早就在季府门口候着了，左顾右盼，生怕错过了哪个前来送行的人。可他左等右等，要等的人还是没来。等到汽车都已到位，只待父亲一到就可以直接出发了，二公子要等的人还迟迟未现。就在他将要放弃，刚迈开步子要上车时，一个小小的红色身影匆匆而来。二公子顿时眉开眼笑，迎着那飞奔而来的身影走去。

婾西急急跑来，额上微微冒着汗，气还未喘匀就将一只青瓷小罐塞进欧阳手里："这是咱们最后一次冰镇的梅子，我没吃完，省出一罐给你，你也要省着吃，你回南都以后就没有西山的泉水了。"

欧阳一语未发，僵硬地将一只用叶子编的小黄鹂塞进婾西手里。

婾西惊讶地叫道："你真的编出小黄鹂了！"。

欧阳不知怎么的了，说话突然支支吾吾起来："下次……我……我们再见，我也要用一罐冰梅子换你……换你一件事。"

婾西疑惑："什么事？那你下次什么时候来？"

还未等欧阳回答，送行的家人已陆陆续续走了过来。

二伯母见状调笑道："瞧瞧三小姐这依依不舍的样子，我看一桩喜事是八九不离十了，不如早点让老太爷做个主，也省得三小姐在这梨花带雨了。"

婾西虽小，可二伯母话里有话也听得出一二，一时间，又羞又恼，又不舍又难过，百感交集，竟一字都说不出来，一低头，红着脸庞向西苑跑去。在场众人都被婾西的小情绪逗得笑了起来，又有人去调笑小欧阳："二公子，三小姐这是害羞了，你还舍不舍得回去啊，要不要追过去看看三小姐。"

欧阳二少闻言也恼羞成怒，啪的打开车门径直坐上车去，倒是一副壮士一去不回头的决绝姿态。众人见状觉得自讨没趣，便也渐渐转了话题。可如若媕西这时能转身一看，就会发现，那个面色薄红的少年正透过车窗用目光去追她的背影。

暮色西斜，媕西的身影被夕阳拉伸得好长好长，影子上迷蒙地笼着一层橘色的光。


幼年的媕西就这样在回忆中淡淡远去了。

此时，她耳畔轻轻传来一声低低的问询："三小姐，在下这次来得匆忙，不知三小姐对在下准备的礼品可还满意？"

媕西却并不接话，直直问道："你还爱吃冰梅子吗？"

那欧阳公子愣了一愣，微微挑眉："冰梅子？我倒是很爱青梅的口味，三小姐喜欢冰梅子？"

媕西心里一阵失望，他竟然忘记了。

他竟然忘记了她和他的冰梅子。

第二章

**惜花人去花无主**

一切的往事都像孩子，如今它们在媮西面前一字排开，有模有样地端坐着，媮西一靠近，有的往事便哭了，越哄哭得越凶，转眼又望着她，抽噎个不停；有的往事不愿和她说话，垂着头，一下子把石子狠狠摔在脚边，吓跑了麻雀；还有的往事歪着脑袋，笑得露出了还没长全的牙齿，仿佛心绪只和景色有关；还有的往事，媮西已经叫不出名字了，可它扯着媮西的衣角不肯放开。

往事和远方，要么马上走，要么永远留下，这一晚的梦里，媮西和往事之间，只有阳光刚刚好，还迎着风，风甩好似仍夹杂着那些已经陈旧了的青梅的香。

媮西很早就晓得，自上次南回，二公子便去了外洋。毕竟七载荏苒，桃花人面，岁岁不同，更那堪竹马青梅。媮西暗想，自己是该原宥他的，可不知怎的，心中某处却如白蚁同噬，酸楚难言。见媮西闷声不语，那欧阳公子仍不失风度："看来是在下的心意不合三小姐口味。"

季老太爷打着圆场："媮西这孩子，就是爱耍小性，林哥儿，别跟她小孩子一般见识。"

那欧阳略一颔首："哪里，是我冒昧了。"

媮西却不领情："欧阳公子客气了，二公子贵人多忘事，方才是媮西不好，请公子海涵。"

欧阳略一挑眉："三小姐多虑了。"

媮西只觉胸闷气短，听着祖父和那欧阳又闲话了几句，便借口不适先回西苑去了。

媮西回到西苑，换上平日里穿的樱桃红暗花旗袍，在窗前坐了两炷香的时间，才觉心中渐渐平顺了下去。想着方才同二公子的会面，媮西不禁百感交集，想来自己虽对时事不甚关注，但时局还是了解的，尤其这时局还同欧阳家有着瓜葛。

自旧朝咽气，新政立宪，币制、税务、贸易，种种革新此起彼伏，所谓一朝天子一朝臣，不过如此。然过犹不及，新政府本就根基薄弱，加之北地军阀强权势盛，东南新党勃勃欲发，西洋垂涎觊觎在侧，东洋猖狂几欲干戈。新政府内总统几度更替，仍挽不回世事倾颓，直至欧阳林升任大都督，安南抚北，兼之频频力争，得四世家相援，和谈东洋，就此新政才算站稳了脚跟。

欧阳林得众望所归，于前总统逝后两月，民国二十三年力任新政都督，本以为总算走上了太平世道，奈何上任没多久便频传病讯，至近两年愈发严重，只好由大公子从旁协助理事。欧阳家三位公子，均于少年时便赴不列颠求学，除大公子较年长，已毕业归国数年之外，其余两位公子鲜少为人所知。

婳西不禁疑惑，如今二公子现身北平，定不是为了寻常琐事，想来定是受欧阳伯伯所托，可季家一门，从无涉政，而此番二公子却亲自前来会晤，婳西实在不解，难道祖父除了瞧病抓药还能助力其他？

自幼时一别，婳西再未见过二公子，年岁荏苒，婳西脑海中的他也隐隐模糊起来。每每念及此处，婳西总爱在画纸上淡淡描摹他的样子，想象他长大后的模样。直至大哥玮东游学归家，听闻大哥在不列颠同二公子颇有交集，顾忌着旁人的打趣，婳西也不便多问，只悄悄向大哥讨了那小小一张方寸合影，夹在书页的尾端。那黑白小照上的他高了许多，却依旧清癯，三七开分的头发一丝不苟，还是爱穿白色的西装，他微微抿着嘴角，就像小时候一样。

又是几年过去，婳西从未想到自己还能再见到他。他变了，和照片上的样子只有着五分相像，但他墨黑的眸子、微笑的样子，都让婳西的思绪一下子翻乱纷飞。她犹豫着，猜测着，试探着，他是否还记着她，就像她那样的，记着他。

婳西怔住了，兀地想起刚刚同欧阳的谈话，顿时又觉五内郁结。正兀自伤神，张妈走了进来，手中捧着一个紫檀镶玉的小匣："三小姐，你起来看看这个吧，是管家刚托人送来的。"

婳西走近一瞧，只见檀木小匣的边沿都凝着薄薄一层冰霜，室内暖热，匣子底部已经开始化水，在桌沿上滴了几滴。

媮西好生奇怪："张妈，这究竟是什么东西？"

张妈也抱怨着："从没见过这样送礼的，本来送别人好好的东西，非要拿到大雪地里冻成冰块，再来送人，哪有这样的道理！"

媮西听得不解，顺手去掀匣盖，可冰冻的时间太久，匣盖已与匣身冻成一体，媮西费了好大劲才终于拿下盖子，看到匣内物品，媮西不觉呆了。那匣子里装的是满满青色的梅子，一颗颗如翡似玉，虽被冰雪冻了许久，有几颗颜色已经黯淡，可仍能看出这梅子的成色，原本是很好的。

媮西只觉一股热血上头，猛地将匣盖一合，便开门跑了出去。张妈在后面喊："小姐，你去哪儿啊？你加件衣服再出门。"媮西也只当没听到，一门心思向前跑去。

雪已经停了，月色在雪面上洒出银光，媮西一步一个脚印，软底的纳棉绣鞋早已湿了大半，不知不觉，媮西已经走到客房门口。

季府的客房上搭着碧色的琉璃瓦，在雪光下熠熠闪烁，窗棂也是碧色的，配着窄窄一道暗朱色的窗框，门口横挂着一袭厚实的棉布垂帘，偶尔风过，帘子一动也不动。

媮西在雪地里走了一会儿，心早已凉了下来，在客房门口踱了几步，更觉懊恼不已，后悔不迭。媮西起念要走，转身刚几步，便听得身后一声："三小姐，请留步。"

媮西转身一瞧，那棉布垂帘不知何时被斜斜地拉起半阙。月白映雪，漾漾如洗，媮西的面颊冻得通红，却丝毫不记得冷，她怔怔地望向他，正如从前他那样的，望向她。

白驹过隙，七载光阴，旧时光里的他和她，隔了那样长的一段岁月，终又看到了彼此，可媏西却有霎时的恍惚，仿佛他已不是曾经的他，她却还是当初的她。

那欧阳公子只穿一件中衣，领口的珠扣在夜色里隐现，他眸色深沉："夜色已深，不知三小姐此番前来，是为何事？"

媏西只觉尴尬："我……我来是……我尝了你的梅子，想告诉你，我……我很喜欢。"

"素闻三小姐喜吃梅子，却疏忽了三小姐最爱冰梅子，是在下不周，望小姐见谅。"

媏西急忙辩解："欧阳公子，这不怪你！"

那欧阳公子神色一转："三小姐，请不要唤我欧阳了，我随了母亲姓林，早已不冠姓欧阳。"

媏西始料未及，心下生急，两只手绞在一起："抱歉，我不晓得你的……我……"情急下转念一想，"我……我祖父说我该叫你二哥，可我还有我二哥瑛北，既然你现下姓林，不如我称你林哥哥可好？"

林之衡仿佛始料未及，他的眉头松动了下，转颜一笑："好。"

雪早已停了，一丝风都没有，小小的客房庭院里，琉璃瓦甾满月色，绣朱的帘门前静静立着两人。

他看着她，她也看着他，眸中满是笑意。

这样沉默了几许。

婳西突然破颜而笑："林哥哥，你可否应我一事？"

之衡笑问："何事？"

婳西跺了跺脚，眼角眉梢一丝俏皮："你可以不要那样见外吗？"

见之衡似是犹豫，婳西继续道："林哥哥，我不想你像季全他们一样也三小姐三小姐地喊我，你若不介意，就叫我婳西如何？"

之衡释然地笑起来："这样也好。"

婳西敛了敛笑，正色道："林哥哥，方才是我错怪你了，我以为你忘了咱们的冰梅子，可其实你一直记得的，知道你还记得，我……我很开心。"

林之衡嘴角带着笑意，默默不语。

"可是林哥哥，雪地里冰出的梅子当真是不好吃，比起西山的泉水差得好远。"

"这很简单，我明日正巧要去城西，顺道上去西山，不是什么难事。"

婳西眉开眼笑，重重点头："林哥哥，那我要同你一道去！"

夜色包裹的星光下，婳西明眸皓齿，巧笑嫣然。

之衡长身而立，笑意盎然。

廊檐镶垂的铜铃流苏叮的一响。

风过了。

第二日一早，西苑便吵吵嚷嚷好不热闹。

婳西急切地絮絮叨叨："张妈，我的白绒斗篷究竟到哪里去了，我已把里间外间都翻找遍了，却连影子都没看到。"

婳西的白绒斗篷上面连着风兜，风兜的里子是白色的天鹅绒。在严冬，婳西也喜欢穿白的，因着白色更能衬得她乌发朱颜。

一番辛苦，婳西的白绒斗篷总算被张妈在外间的箱柜底层找到了。婳西将风帽半褪，露出梳起的长发，她在玻璃镜前左瞧右瞧，惹得旁边的丫鬟们一阵窃笑："三小姐已经美得像仙女下凡了。从没见过三小姐这样费力地打扮自己，也不知道今日究竟是要去见谁。"

婳西听得脸红："没事又在乱嚼舌头了，小心别咬着自己的嘴。"

隆冬时节，整个西山雪雕玉砌，一树树脱了叶子的枝丫，银装素裹，自有一番妖娆。婳西披着银白的斗篷，内里的碧色旗袍时隐时现，在茫茫雪地下，林之衡不觉看了许久。

婳西看到之衡冻得指中骨节隐隐发白，不觉一阵心疼："林哥哥，你没有手套戴吗？"

之衡摇头不语。

婳西急道："这样可不行的，北平可不比南都温暖，你这样手放在外面，早晚有一天要冻坏了的。"说罢便急忙摘下自己的白绒手套，硬塞到之衡手上，"来，你先戴我的。"

之衡哪里能戴婳西的手套："快戴回去，小心你自己的手。"之衡急急摘下又将手套戴回婳西手上。这样一来二去，婳西终于叹气："你真是个驴脾气，和小时候一模一样，这样好了，咱们俩一人一只，总可以了吧。"

之衡看到婳西一脸坚毅，不觉发笑："拗不过你。"

婳西淡淡一笑，点着头："知道知道，林哥哥，你等我给你打一双手套可好，这样下次你就不用担心我没有手套戴了。"

之衡也点了点头，满面笑意："如此的话，要先谢过小姐抬爱了。"

婳西挠挠头："什么抬爱不抬爱的，一双手套而已。"说罢便向前快走了几步。

不过一个时辰，婳西一行人便到了西山泉处，可原本的泉道早已干涸，泉眼附近早已冻成了坚不可摧的一大块冰凌，触之寒意刺骨，冷硬胜铁。婳西不死心，手刚触上泉冰，便被牢牢粘住，婳西大惊，全力一挣，手掌的一层表皮已被生生撕下，霎时便渗出血迹。

之衡陡然变色，顾不得其他，徒手将自己长衫袖口撕下一截，密密地包裹住婳西的手掌，好歹是止住了血。婳西痛得有口难言，额上细细地起了一层汗。之衡索性打横抱起婳西，急急向山下奔去，山中雪路本不好走，他内心焦急，可每一步仍旧稳稳踏在地上。

婳西侧倚着之衡，看到他鼻头冻得微微发红，鼻梁上却蒙着一层汗珠，婳西不禁拿袖子去擦拭。林之衡却仿佛吃了一惊，一转头，正巧碰上婳西的眼神，婳西只觉那双眸子如墨似炭，心头一跳，立即移开了目光。

可婳西又禁不住偷偷去瞧他的侧脸，只觉他的鼻梁又高又直，睫毛上还夹着几粒雪珠。婳西将头轻轻靠在他的肩头，闭上双目，突然觉得，手掌也不是那么疼了。

不多时，婳西便回到了季府，林之衡在马车上已经为婳西简单清理了伤口，擦了药，又拿了干净的纱布包上。嫣西将受伤的右手握在左手手掌里，一攥一松，不但丝毫不觉得疼痛，反而总有隐隐笑意跃上嘴角。

之衡同嫣西并肩而行，刚进府门，便看到季玮东一脸笑意迎面而来。

季玮东一见林之衡便热情地大呼："青阳兄！你是几时到的，竟没有知会我一声？"

林之衡也笑道："昨夜到的，本想着今日再去看你。"

玮东大笑："好啊好啊，昨夜没空看我，倒是有空去会我家小妹，你自己说，该怎样受罚？"

嫣西红了脸颊，急道："大哥，你再这样胡言乱语，我可真不理你了！"

之衡倒仍旧温润，只在嘴角挂了一丝似有若无的浅笑："季兄既如此说了，就罚青阳陪你不醉不归，这样可好？"

玮东开怀笑道："如此最好不过了，择时不如撞日，你看今日如何？"

之衡不答玮东，反而转身向嫣西轻语："嫣西，我去去就回。"

玮东调笑道："小妹，你何时有了这样的大能耐，连青阳兄都被你收服得妥妥帖帖。"

嫣西红着脸："他要去便去，关我何事。我今日累了，这便回了。"

说罢嫣西便向西苑方向急急走去。

玮东同之衡相视一笑，便一同出了府门。

这天傍晚，暮色已深，婳西突然听得外间有笃笃敲门声，张妈匆忙套上罩衫，打开门闩："这样晚林少爷怎么来了？"

林之衡一身蓝布长衫，外套一件紫貂背心，立于门外："不知三小姐可有空闲，我有些东西想当面拿给三小姐。"

婳西连外衣都等不及披，一个箭步冲到门口："林哥哥！"

之衡微笑不语，将一只白玉小罐递予婳西。

婳西打开一瞧，罐内竟是清透的水，隐隐泛着冷气。

婳西瞠目结舌："这是西山的水！"

之衡这才笑起来，齿如瓠犀："我趁落日才去，好歹凿下些冰块，用屋里的暖炉煨化，用来冰梅子倒还好用。"

婳西只觉千言万语都郁结于心，几欲张口都无语凝噎。

倒是之衡柔声道："我上次带来的梅子应该还有剩余，让张妈找出来，冰在这水里，给你尝尝鲜。"

婳西低头，长舒一气："林哥哥，你真是太好了。"

之衡笑道："你开心就好，今日你也累了，早些歇着吧，我这便回了。"

婳西也笑道："林哥哥，那你也早些歇息，待我冰好梅子等你一起来尝。"

之衡微笑点头，顺势替婳西将门掩好，转身离去。

婳西却悄悄将门开出一条缝隙，目送着他的背影远去。

待之衡的背影已完全消失，婳西才回到内间来。

看着白玉罐里的冰泉水，婳西心内一阵欢喜，却听得张妈说：

"这林少爷确实人好，只是生错了人家，可惜了这么好的坯子。"

婳西不解："张妈，你这话什么意思？"

张妈叹气："小姐还小，这里面好多事情你搞不懂，就怕你误打误撞就将自己搭了进去。"

婳西着了急："张妈，你快说，这是为什么？"

张妈靠近婳西，柔声道："小姐，你难道不奇怪，为何林少爷明明是欧阳家的儿子，却偏偏姓林。"

婳西答道："那是因为林哥哥跟了母亲的姓，这又有何奇怪？"

张妈又叹气："欧阳家家大业大，他们的事情哪有那样简单。林少爷的母亲是没名分的，那林夫人未过门就生下了儿子，却也是个没福气的，没几年就得病死了。从那以后，那欧阳家的大夫人一直不许林少爷认祖归宗，不知怎的，欧阳先生倒也没有过问，欧阳府里的人也一直照着大夫人的意思，不喊二少爷，而喊林少爷。"

婳西听得半晌没有言语，最后憋红了脸，愤愤蹦出一句："就算如此，那也是欧阳家对不住林哥哥。"

张妈不再言语，带上门去了外间。

婳西一人看着小罐，只觉隐隐心酸。

林之衡本是奉了父亲之命来北平处理事务，现已过了半月有余，之衡的事务已处理得十有八九，至多再有半月，他便必须启程回南都去了。婳西每每一想及此处，便觉心里空空落落。婳西一直想在林哥哥走之前再送他一个惊喜，让他好好欢喜一下。

婳西左思右想，突然灵机一动，想起了祖父的花房。

季老太爷虽擅药材，却也爱侍弄花草，还在自居的厢房后院盖了个不大不小的花房，专门请了人来照管。为了这个花房，季老爷子是费了心血的，暑热难消时，降温的冰块和风扇一整季都没短缺过，家里有人看不过眼，又不好去说，只得在背后嚼舌。

一次婳西去大房找堂哥玮东，碰巧听到大伯母向大伯抱怨："这年头时局说变就变，昨天的金子今天就能变粪土，自不说节省着过日子，怕也不能让花花草草都过得比活人金贵。老爷子真是越老越糊涂了，这事情你定要管管。"

婳西知道大伯是个老实人，虽无过人的才华，于医药之上亦无天分，但为人忠厚沉稳。听了妻子的抱怨他也未再说什么，只徐徐叹了口气。大伯母便啐了一口，愤愤道："真是没用的东西，不争不抢，等到家产全被老爷子败光了，剩下的那点也给老二分走了，难不成咱们一家人去喝西北风吗！"当时婳西尚幼，听罢只为大伯叫屈，"这明明是祖父的花房，为何大伯母却怪罪大伯呢？"

听归听，对于这间花房，婳西却是打心眼里喜欢。有一年大哥去蜀州置办药材，回来时带了些幼苗送给婳西，说是蜀州特产，种出来会很好看。婳西好奇，特地求了花房的管事，专门配了一盆土来种这些幼苗。可没承想，花没开出来却反倒结出了一簇一簇或红或紫的小辣椒，婳西恼怒得七窍生烟，跑去质问大哥，却被答曰这本就是蜀州真正的特产，蜀人惯称之朝天椒，是烹馔良配。想到这些，婳西悄然一笑。

待到这天天光暗下，厨房熄了火，婳西猫着腰，偷偷摸摸地潜进厨房，缩着胆子不敢开电灯，油灯低低地放在凳上，灯光倒着照上来，桌上的瓶瓶罐罐都成了下巴滚圆的，显得肥胖可爱，连装煤球的陶口大缸竟也有了些玉似的温润，婤西不禁用指尖摸了一摸。婤西第一次生火，费了九牛二虎之力才重新燃起灶火。她独自一人在半明半暗的火光照映下，满头大汗地忙活了好久。

接到丫鬟带去的话，之衡本觉好生奇怪，可想到是婤西的贴身丫鬟，还是立即赶了来。

一进厨房，之衡便看到婤西发髻蓬乱，衣裙皱褶，鼻头脸颊黑一块灰一块，可脸上却笑意盈盈，一副满足。之衡看到不禁心头一暖，畅然一笑，抬手抹去婤西鼻尖的灶灰。

婤西却不在意，像捧着宝贝一样捧出一个烫金溜花瓷碟，献宝一样缓缓揭开盘盖，只见里面一团乌漆麻黑，隐隐有红色点缀其间。婤西递上一副骨筷："林哥哥，你别看这菜卖相不佳，可味道是错不了的，不信你试试看？"

之衡含笑，随手夹了一筷，细细咀嚼。

婤西敛声屏息，悄声问道："林哥哥，味道如何？"

林之衡浅浅一笑，对婤西道："依我看，古有骆宾王，以炊金馔玉形容饮食珍贵，今有我林某人，三生何其有幸才得以尝到婤西小姐这味菜肴。你瞧，这白菜盈润如玉，辣椒鲜红似火，不如就以'炊红馔玉'为它命名，你看可好？"

婤西惊讶不已，但随即转念一想又皱上眉头："林哥哥，你这名字起得真好，只是我这道菜怕是配不上那么好的名字。你看这辣椒煳了，白菜也焦了，哪里看得出好呢，只不要糟蹋了这么好的菜名吧……"

之衡听罢倒轻轻笑了起来，拍了拍婑西低着的头："可对我来说，这道菜就是我吃过的最好的美味。"

婑西大喜，抢过骨筷自己尝了大大一口，还没嚼几下便直皱眉头。

婑西怅怅然："这都已是焦红煳玉了，哪里是美味呢？"

之衡的声音却低沉柔软："从小到大，这是第一次有人亲手为我做菜。"

婑西想到林哥哥从小和大夫人的儿子们一同长大，还不知受过多少委屈，霎时只觉一阵心酸，但一抬头，却看到之衡满眼都是笑意，不觉抿嘴一乐："林哥哥，只要你不嫌弃我手艺差，我以后天天都给你做菜吃，一直吃到你看到我做的菜就反胃。"

之衡听罢开怀一笑："那你可要说到做到，我记性好，能记一辈子。"

婑西只觉脸颊发热，顺手拿了用过的碟子去洗，还未走到水池边，碟子就被之衡接去，只见他已将双手的袖口挽起，水池边上，之衡反折的袖扣稍稍泛着反光。

之衡专心地洗着碟子，婑西专心地看着他。两人都一时无话。

待到之衡临行那日，婑西一直站在人群里默默无语，直到人群将散，婑西才磨磨蹭蹭地走到之衡面前，也不说话，扭扭捏捏地从口袋内掏出一团乱糟糟的乌蓝绒线织品。

婳西的这双手套织得着实辛苦，张妈反复教了几次，婳西还是不是掉针就是错线，把两只手的指头扎破了好几只，张妈不忍，几次三番欲接过来帮着婳西织完，最后均被婳西严词拒绝了。小半月过后，婳西总算织出了一双看似手套的成品。而此时婳西递在手里的，正是这副四不像的手套。

　　之衡看到，眼中波光流动，刚要伸手去接，婳西便叫道："这手套太糟糕了，见不得人，你还是还给我让我剪了去吧。"

　　婳西说着便动手去抢，未承想，之衡却一个反手制住婳西，婳西的手腕使不上力，这才松开了手套。

　　婳西垂头，跺脚叹气道："林哥哥，你真傻，你成日戴着这么破烂的手套，会遭旁人笑话的。"

　　之衡轻轻放开婳西，含笑道："那我也甘之如饴。"

　　婳西抬头看着之衡，只觉今日他的眼光之中有什么同往日全然不同。

　　之衡重新握住婳西双手，郑重道："也许你想象不到，我有多感激季老太爷，感激他予我父亲以康健，予我以稀世之宝。这一次来北平，我本以为是在汪洋上寻一叶孤舟，为安身立命而已，却未曾预料我会遇见海上明珠。尽管此刻我还无法允你什么，但林青阳向季婳西许诺，终有一日，待一切各归其位，我定以盛大的仪式，娶你！"

　　他眸色深深："婳西，你可愿等我？"

　　婳西措手不及，只觉头脑涨热，心闷气短。她低下头，长舒了一口气，郑重地点了下头，却不敢抬起眼睛看他。突然，婳西只觉额间一片温软湿热，她倏忽大睁双眸，看到之衡竟轻轻吻上了她的额头，婳西双颊酡红，睫毛似蝶翅般簌簌颤动着，之衡不忍，又去吻了婳西的眼睛。

之衡脱下一只毛线手套，从大衣口袋中摸出一只檀木紫盒，叩开盒嘴金珠，盒内躺着一只翡翠玉镯，其色青青，如柳似竹，其质细透，逐冰胜雪。之衡牵过婳西左腕，将玉镯戴上。

他凝视她，微笑道："唯其青翠，方衬你如雪肌肤。"

婳西红着脸颊，低头不语。

之衡轻笑："我不在的时候，你要好好吃饭，好好休息，不许一气就吃太多冰梅子。"

婳西不禁笑出声来："我不会的。"

之衡也笑，轻刮她的鼻尖："晓得就好。"

婳西抬头看他："那你多久回来？"

"很快，我一定尽快回来见你。"

"那我等你。"

"好。"

他捧起她的手，只见他戴着的毛线手套针脚歪斜，线头盘根错乱，可他却似毫未觉察。他将她的手合拢掌间，低下头，在她掌心亲了下，却没有抬头，而是保持着这个好似祈求的虔诚姿态："婳西，我从未感到比此刻更加幸福。"

之衡坐进汽车，婳西握着他的手，直到不得不关上车门，她才慢慢松开。

黑色的车轮在雪地上拉开两道突兀的印记，媏西兀自立在那里，只觉茫茫风雪路，怅然天地间。

媏西记忆里的那个自己，在往事的风雪中渐渐远去，简直像一个梦。

此刻，苏墨棋正在镜前专心致志地描眉画眼，媏西坐在桌前，手中捏着一张小小的剪报。报页尾端已隐约发黄，上面印着一张黑白油墨打上的照片，照片上的公子面容冷峻，身着一袭黑色西装，领口的白色领结打着整齐的花样，他身旁的小姐笑意嫣然，白纱坠地，怀中的百合捧花娇艳欲滴，报头上的标题赫然醒目："结婚启事。"

下方一行小字，触目惊心："林之衡先生，宋绫卿小姐，兹承欧阳林、宋仕谦两位先生引荐，于民国二十六年十一月六日于南都京西路长乐酒家缔结婚姻，谨以此谏，特敬告诸位亲友。"

媏西握紧手掌，将那张剪报随手夹进书页一角。她将那本书胡乱塞进抽屉，拿锁紧紧锁上，又将钥匙扔进了柜子的夹层深处。

媏西本无兴致参加学校里的耶诞舞会，奈何苏墨棋实在热情，怕媏西一人觉得冷落，便连舞伴都帮她商量好了。这天媏西穿一套桃红洋装，被苏墨棋拉扯着进了耶诞舞厅。苏墨棋一只脚刚踏进舞池，便听得有人唤道："苏小姐！"那声音飞扬灵动，潇洒肆意。

媏西循着声音望去，只见一位年轻公子，身材瘦削，可五官隽秀，爽朗清举，翩翩如玉，一身白色西装剪裁得十分合体，尤其袖口领间，极为考究，他的头发整齐地向后梳去，斜斜地开了三七分。

墨棋欣然笑道："楚公子，没想到你来得这么早。"

"来得早是自然的，总不能让小姐们等我一个粗人吧。"

"楚公子真是幽默得很，我来介绍，这位就是我的好友，之前同你提过的季婋西。"

那楚公子颔首一笑，眼中一丝灵光转瞬即逝："原来是季小姐。"

婋西稍稍鞠身一躬："幸会。"

那楚公子粲然笑道："今日得苏小姐引荐，实属难得，在下楚南山，幸会。"

第三章

东篱菊下见南山

港大的耶诞舞会办在半山上的仪礼堂，是座三幢结构的西式建筑，被花岗岩的廊柱稳稳撑着，有都铎式的门廊，上端嵌着哥特角塔。婑西在大厅暂别了楚南山，跟在墨棋身后，沿着螺旋式的楼梯拾阶而上，婑西晓得，这是墨棋的惯例，跳舞前要先喝上几杯，待醉意微醺再徜徉舞池。楼梯很窄，上上下下的人们总不时便鳌了脚步，不停有人来和墨棋搭话，墨棋倒也不挑剔，每人都能絮絮聊笑几句。婑西本无意前来，现下伶仃立在一旁，更觉无趣，便找了借口独自去露台吹风。

　　香港虽是没有严冬的地方，可耶诞节的夜晚也是冷透了，每逢风过，露台上装饰用的西式阳伞便被吹得斜斜扑簌，几个天主教修女聚在一角用法文混着拉丁文讲着什么。太阳早已下山，黄昏散去，只余下白弯弯一轮月牙儿孤零零挂着，远远一望，只见影影绰绰的芭蕉和棕榈融化在薄薄的软雾里，青溶溶的模糊一片，只有柏油山道上驶过的汽车偶尔扫出一两束橘色的光。

香港近海，极少有不好的星光，但今夜的星星却出奇地少，一片漆黑黑的天幕更衬得那点零丁月牙凄惨戚戚。婳西不禁暗想，今夜倒也难得，遇上这样差劲的星光。倏忽一阵风过，婳西像被吹透了般浑身打了个激灵，正好有侍者端过鸡尾酒来，婳西随手饮了一杯，借着酒热驱散了些寒气，露台的视野极好，婳西忍不住仰头望天，不知怎的又蓦地想起那夜的星光。

那是北平的暮春，还带着些微凉意。厚重的被褥虽已撤换，婳西却仍觉耳烧脸热，歇下许久都未能入睡，辗转反侧至深夜，突然听得外间有叩门轻响，婳西披衣起身，只见张妈睡得深沉，隐隐有鼾声传来，婳西不愿打扰，便走至门前，小心悄声问道："是谁？"

"林少爷深夜到访，托我给三小姐带封信来。"

婳西一听是门房小厮，未经犹豫便打开了门，只见门房小厮睡眼惺忪，递予婳西一张纸笺，婳西打开一瞧，信件极为简短，六个欧楷小字洞达隽秀："候中宵，盼相见。"

婳西本有些头脑涨热，但经夜风一吹又读了信件，不觉精神了几分，婳西将纸条细细折了三折，放进内侧口袋，轻手轻脚披上一件呢子毛大衣，便随了那小厮前去。

那小厮只开了小小一个侧门，婳西刚要踏脚，那小厮便悄声嘱咐："三小姐，我就在门口等着您回来，您可一定早些回来，不然别人问起我不好交代，您回来时敲上三下门，我就知道了。”婻西谢过小厮，反手将侧门带上。

这夜星光极好，暮春的冷意被晚风一吹，冰凉凉拂面而来，婻西披着厚重的大衣，疾行在寂静的回廊里，暗红柱子映着微蓝的月光，黑夜的奇异与危机更加迫切，婻西能感到自己胸口间重重的心跳。

季府门外几步处，停着一部黑色的汽车，车旁立着一位长衫公子，如圭如璧。

婻西望到他的一瞬间，不禁喜笑颜开，一切的忧愁都不算数了：“林哥哥，你几时到的？”

之衡也舒眉而笑：“我刚刚才到。”

婻西大惊：“你连夜赶路了吗？有没有吃过晚饭，我去叫厨房给你煮些粥。”

婻西正要转身，之衡一把握住婻西的手：“别去惊动他们了，走，我带你去吃好东西。”

“什么好东西？”

“一会儿你便晓得了。”

婻西随之衡坐进汽车，这才发觉车上还有一人。那公子装扮得端正精致，戴一副金丝架镀边眼镜，身着时新的赭色西装，上衣左侧袋处整齐地露着绢帕一角。

之衡先对那公子道：“我来介绍，这位是季小姐。”

又转头对婻西道：“子枫是我好友，这次来北平多亏了他照应。”

那公子微笑道："青阳总是客套，今日幸会季小姐，敝人荣幸十分，常听青阳提及季小姐，今日一见，果然不凡。"

婳西想到自己深夜出门，发髻未梳，衣衫未理，一副慌然之色，又听得那公子赞赏如此，不禁尴尬至极："先生过奖了，今日婳西十分仓促，未及打理，真是失礼。"

那公子回道："季小姐客气了。"

说罢他又对之衡道："你一路疲惫，想先去哪里歇歇脚？"

之衡望着婳西，笑意盈盈，答子枫道："就去琵琶胡同吧。"

夜深了的北平同白日全然不同，车行驶在路上，除了轮胎摩擦地面的声音外，万籁俱寂，偶尔会有亮灯的店家从车窗外一闪而过。之衡一直紧握着婳西的手，他的手宽厚温热，婳西感到心头从未有过的安稳。不多时便到了琵琶胡同，车子开不进胡同，三人便下了车。

婳西听得那公子对之衡道："此处距我住所很近，我步行回去便好。"

之衡点头回道："也好。"

那公子神情却兀地有些紧张："我明日一早在车站等你，青阳，你一切小心。"说罢，又对林之衡耳语几句，便对婳西道，"季小姐，辰某就先告离了，日后有缘再见。"

借着月色，辰子枫的金丝镜架在漆黑的胡同口熠着微光，玻璃镜片后的眸子映出捉摸不透的神色。

婳西行了个旧礼，辰子枫亦低头致意，遂即转身离去，他米色的西装在夜色里渐隐渐没。

44

看到辰子枫已然离去，之衡转身对司机道："老张，你先回去歇着吧，我送季小姐回去便可。"

那老张穿着凌乱，看来出门十分慌张，甚而还有些睡眼惺忪，他听闻从车内下来，拿了钥匙递予之衡，并无过多追问："林少爷，那您一切小心。"

之衡敛了笑容，点头道："我晓得的，你去吧。"

老张从车内取了外衣便匆匆离去。

之衡这才牵着婂西向胡同内走去，才走一会儿，婂西便望见一扇亮着光的蓝布门帘，上面写着"如意水饺"四个大字。小馆子没有什么显眼的装潢，只是个再普通不过的民房，门口用蓝色棉布扯出个门脸，红色的对联早已有些斑驳，屋内疏疏摆着五套圆桌木椅，后厨升起的热气在店门口就看得到，但一眼瞧去，倒收拾得很是干净整洁。

那店家老板十分有眼力，一看到之衡同婂西相携而来，便热情地过来张罗："先生太太，请里边儿坐吧，想吃什么馅儿的水饺？"

婂西一听那老板将自己唤作"太太"，霎时有些慌乱，扯扯之衡的衣袖，仿佛手脚都不知摆在哪里。之衡倒落落大方，随着店家的指引，向店内走去。

店内并没有其他客人，故而店面虽小，却也不显拥挤，之衡牵着婂西坐在了靠墙边的一张桌旁，目光正好能扫到门口。之衡接过店家给的馅料小单，另一只手却仍握着婂西的手，问："你喜欢什么馅的水饺？"

婳西未加思索张口便答："芹菜馅。"

之衡一脸惊讶："我也最爱芹菜水饺。"

婳西也吃了一惊，两人你看我，我看你，竟没了话音。

那店家机灵地笑笑，朝后厨大吼一声："两碗芹菜水饺！"

店家的一声吼倒惊醒了之衡和婳西，婳西扑哧一乐，双手与之衡十指紧扣，之衡也没有绷住，笑出了声。

店家笑着说道："我们如意水饺是家老店，开了这许多年有口皆碑，吃了如意水饺会保佑您事事如意。先生太太，以后请多多照顾生意，我祝您二位和美如意。"

婳西红着脸不答话，之衡却欣然十分，畅然回道："好，就为您这句话，我们也会常来光顾。"

那店家也笑："多谢了先生，您和您太太这样般配，真是一对璧人，您二位下次来我们一定好生照应着。"说着收走了馅料单子，去了后厨。

之衡看着婳西，难掩笑意。

不一会儿，两碗芹菜水饺便端上了桌。北平的人吃饺子不爱加汤水，煮好的饺子带着热气捞出来，控干汤水，盛在碟子里一只一只摆放好，乍一看，只觉满碟饺子白白胖胖，圆圆滚滚，香气四溢，趁着热气未散，在醋碟中添几滴香油，一吃一蘸，不知人间天上。但这家小馆却不同，饺子同汤汁一起端上，那汤汁金黄剔透，浮着几片翠绿晶莹的葱花碎，月牙似的饺子沉在汤底，放眼一瞧，只令人垂涎三尺，食指大动。

婳西一闻香气，馋得就像偷食小猫，忙忙松开之衡的手，取了木筷，就要开吃。

之衡看到婳西的样子，不禁钩了她鼻尖一下："小馋猫。" 嘴上虽如此说，却还是拿出手帕将木筷细细擦过方才递予婳西。

婳西却没空注意之衡瞧着她的眼神，呼呼吃得过瘾。

吃到一半，婳西突然好生奇怪："林哥哥，我原以为你对北平一点不熟的，你究竟是怎样知道这家小馆的？"

之衡故意卖关子："我自有我的雕虫小技。"

婳西噘嘴："你就告诉我可好，这样下次我发现了好馆子就可以带你一块儿去。"

之衡默默微笑："这家小馆是幼时母亲带我来的，那时母亲陪父亲在北平办公，但父亲忙碌，经常无暇见面，那次在这里吃水饺是我记忆里我们三人唯一一次同桌吃饭。"

婳西听得只觉心疼，悄悄撂了筷子，双手挽住之衡："林哥哥，你现在还有我，以后我们每一日每一餐都在一起同桌吃饭，好不好？"

之衡微笑，伸手将婳西散出耳边的鬓发掖回耳后，他轻轻道："好。"

吃过水饺，之衡便送婳西回府。车子开在路上，婳西本就有些头沉脑热，现下吃饱了水饺，更觉困顿难解，靠着之衡肩膀，竟不知不觉睡了起来。

待婳西昏昏沉沉醒来时，发现竟已到了季府门口。

之衡一脸凝重："你在发热。"

婳西有些惶惑，抬手一拭额头，发觉果然较往常烫热。

之衡牵住婳西："婳西，你快回吧。"

婳西昏昏醒来，一时不解，眉间若蹙。

之衡垂头暗暗道："你这样病着，我还接你出来……"

婳西醒了醒精神："我没事的……"

之衡叹气，伸手抚过婳西额头。

婳西执拗，挽着之衡不撒手："林哥哥，我不想回去，你若是真心挂念我，就再同我待一会儿，我们……我们就在这里看星星好吗？"

之衡随着婳西所指望去，只见墨色的天幕中有微光簌簌闪动，隐约的银河一路倾斜至星光聚集处，像是一切都混淆了，天上的才是人间，人间的原是星象。

婳西侧头靠向之衡："我听说，人离世以后，会化成一颗星星，飞到天上去，如果你能看到星星的光，那便是这颗星星在思念着你，保佑着你。"

之衡又抬头看了看那星光，对婳西道："如果有一天我离开人世，我愿做那颗最亮的星星，保佑你。"

婳西摇头："我不愿你做最亮的星星，我只想你在我身旁。"

之衡不语，伸出右臂揽婳西入怀，闻到她发上有淡淡的玉兰香气，一时心安意静，只觉人生静好，别无他求。

仪礼堂大厅的舞池间突然迸出一阵猛烈的嬉笑，打断了婠西的出神。婠西这才发觉，虽只兀自立了一会儿，周身早已寒意浸骨，手脚冰凉，婠西暗自后悔没有带来那件海边散步用的披风。一阵风过，婠西不由得抱紧双臂，正思忖着是要先回校舍还是先和墨棋招呼一声，就听得有人朗声一呼："季小姐！"

婠西闻声回头，只见一白衣公子，黑目如炬，乌眉入鬓，他半倚廊柱，左手轻持一只高脚酒杯，紫红的葡萄酒随他手指的晃动在杯中摇曳，他身后的厅堂灯火激滟，华服锦衣的年轻男女来来往往，谈笑晏晏。楚南山笑意盎然，向着婠西走来。

"楚公子，你怎么在这里？"

楚南山立在婠西面前，低头瞧她，笑意不减："这话应由我来问才对吧，季小姐不去跳舞，为何反而跑到这里来独自吹冷风？"

婠西却不去看他，转头去望月亮："我本就不擅那些交际，自己上来看看风景，反倒舒心。"

楚南山绕到婠西面前，眉头微蹙，嘴角轻挑："哦？可我看季小姐的脸色却不像舒心的样子。"

婠西只觉唐突，抬眼与他对视："那楚公子又为何不去跳舞，也跑来这里呢？"

楚南山举杯向月，借着月色轻抿了一口，转身对婠西笑道："我是来寻我丢失的搭档，没有舞伴，又如何跳舞？"

婠西这才记起墨棋的嘱咐，原来墨棋安排的舞伴就是楚南山。婠西一时哑然，正想致歉，却被楚南山抢了话头："听闻季小姐从北平来，南北两重天，不知季小姐对香港可还习惯？"

想到北平，媮西不禁一声轻叹："习惯如何，不习惯又如何，日子还是要过，人还是要活。"

楚南山听得眉头一挑："这可不像季小姐说出的话。"

媮西蹙眉反问："楚公子此话怎讲？"

楚南山莞尔一笑："没什么，只是有感而发而已，想来季小姐莫不是思乡情怯？"

媮西也不再追问："思乡又如何，不思乡又如何？"

楚南山晃晃酒杯，轻呷一口："若是思乡，楚某倒有一法可为季小姐排忧解难，只是不知季小姐能否赏光？"

媮西方才喝了酒，又吹了风，只觉头脑酣热，身子发寒，听得楚南山这样一说，不知哪里涌来一股热血："愿闻其详。"

楚南山倏忽睁大了双眼，笑意盎然："既然季小姐有此雅兴，便请恕楚某先卖个关子，周末午时，我亲自来接季小姐一探此法，不知小姐意下如何？"

媮西低头一笑，想着这人倒是认真，自己一句玩笑话，他竟真的安排起来，既然如此，也不好当面拂他美意："楚公子客气了，既然公子话至此处，我去瞧瞧倒也不妨。"

楚南山喜上眉梢："一诺千金！"

媮西瞧他一脸欣喜，孩子气十足，不觉也怡然一笑。

第四章

月似当时人似否

作别楚南山后，婳西同墨棋打了招呼便先回了校舍，也许是在露台吹风感了伤寒，婳西只觉头重脚轻，仓促洗了个脸便倒头睡下了。婳西睡得昏昏沉沉，一夜无梦，直到第二日清早才被一脸倦意却仍兴高采烈的墨棋摇晃着醒来。

在青白的晨光下，婳西只觉墨棋的脸颊愈发地白，绿阴阴的眼睛下卧着两道灰黑的眼袋，可她的眼神却兴致勃勃："婳西，你快告诉我你觉得楚南山那人如何？"

婳西仍旧睡意蒙眬："你问得好生奇怪，我不知该如何答你。"

墨棋垂了眼帘，叹了口气："本来家里送我念书，就是想我趁着好时候早些拣个好的。可他们又不是不晓得，像我这样的杂种人，可能的对象几乎都是杂种人，纯粹的中国人不行，因为我们受的外国式的教育，和他们搅不来，白种人更不行，你瞧着看，中尉以上的英国兵，哪个愿同带黄血统的杂种人打交道？可楚南山不一样，我极中意他那一身绅士派头，加之又是个中国人的面皮，听说他父亲，在内地的势力可不一般。婳西，你说这个主意我该不该打？"

婳西一下醒了盹，细细考量了墨棋的话，郑重又迟疑地点了下头："这主意……该打！"

墨棋猛地来了精神，但转瞬又失了神采："说得倒是轻巧，依我看那楚南山对我半点意思没有，那天我好说歹说，他才同我跳了一支舞，我正想邀他再跳一支，他却不知跑到哪里去了……"

婳西轻咬下唇，思忖着道："墨棋，这事我倒是可以帮你一把。"

墨棋大睁双眼："你快讲，可以怎样帮我？"

婳西答："其实那天舞会，我和楚南山随意聊了几句，顺便约了周末出去走走，要不，你替了我去吧。"

墨棋笑逐颜开："真的！这于我真是求之不得！"

欣喜过后，墨棋又顿了顿道："只是……婳西我不想你因为我委屈你自己。"

婳西摆摆手："别胡说了，我应了这个约还不是托了苏小姐你的福，要不是你一直灌我喝酒，我不喝醉是绝不会和楚南山订下这个约的，我本也不想去，还在为难该如何托词。现在等于是物归原主，我也乐得清闲，何乐而不为？"

墨棋大喜："既然你这样说来，我可就当仁不让了！"

婳西也笑道："去吧去吧，你心里早就乐得开花了，还在假装什么？"

墨棋禁不住逗，咯咯笑了起来，婑西心里默默松了口气。

周末一早，婑西便陪着墨棋混迹在衣橱里左挑右选。直到临近午时，两人把橱子翻了个底朝天，墨棋才决定了穿那件墨绿暗纹刺绣短旗袍。旗袍的绿正好应和了墨棋的眼睛，短款的式样又能显出墨棋的窈窕。婑西左瞧右瞧，觉得一切都恰到好处，墨棋才笑嘻嘻地挎上她的夹层小包出了门赴约。

婑西本以为墨棋这一约，不到深夜是回不来的，可没想到，太阳还未落山，墨棋便翩翩然回了校舍。婑西纳闷："怎么回来得这样早？我想着你们会去赶晚场的舞会。"

墨棋长呼一口气："他不喜欢跳舞。"

婑西握着水杯轻快地凑了过来："怎么了？不太顺利？"

墨棋摇头："一切都很好，他很客气也很绅士，只是，他未免也太客气太绅士了。"

婑西一时间不知如何作答。

墨棋像是突然想到什么："婑西，那楚南山还想见你一面，他似乎对我今日代你赴约很是介怀，想亲自问问你。你要不要去见？"

婑西有些不知所措："你觉得我要去吗？"

墨棋想了想："不然还是去一下吧，不管怎样说，也是你先应的他的约是不是？"

婑西犹疑地点了点头："那我去见见也无妨。"

校舍拐角处的山道旁静静停着一部白色的纳什汽车，太阳已经偏西，夕阳耀眼，半山背后金丝交错，好不热闹。婑西刚转过拐角，那汽车门便啪的一声重重推开，一位公子横眉怒目，随手重重关上车门，他绛蓝的法兰绒西装在夕阳里染了些滟滟的紫，看来有一种异样的光彩，他上前几步道："季婳西，你的诺言就如此廉价！"

婳西见楚南山上来便一副气势汹汹的样子，顿时也愤愤不平："你这人讲话有没有道理可言！"

楚南山也怒气冲冲："你问我有无道理，我倒是也要问你，当日舞会，本是你应了我的约，可今日来赴约的，为何不是你？"

婳西疾言厉色反驳道："既然是你来邀约，那应不应约，赴不赴约，谁来赴约，都在我自己主张，你又有何道理前来质问？"

楚南山气急败坏，一时语塞："你！"

婳西口快："上来便鼻子不是鼻子眼睛不是眼睛一通发火，难道你还有话说？"

楚南山叹了口气，霎时间像个泄了气的皮球，眼光内竟隐隐有悲戚之色："季婳西！你竟一丝一毫也不想见我？"

婳西不去瞧他："我同你毫无交情，当然不想见！"

楚南山紧蹙眉头，眯起双眸："你当真不知我是谁？"

婳西又气又恼，没有一丝头绪："你楚公子高高在上，我区区小民怎敢冒犯，我同你自然是素不相识的！"

楚南山一晌无话，低头沉默了几许，又抬起头愤愤扔下一句："好，算我自不量力，高估了你！"

汽车绝尘而去，毫无留恋，婳西头也不回，大步流星走回校舍，只觉无头无绪，一切岂有此理。

婾西第二日一早便赶着去听文学史，暂且将同楚南山的不快搁置脑后。文学史这门课的教授克里斯是个古板的英国老头，总穿一套褐色的三件式西装，每堂课都要记名，一学季缺课迟到三次便会被取消季终成绩。因着这门文学史是文学院的必修科目之一，没有人能逃得过，所以学生们虽人人咬牙切齿，却又人人自危。

　　克里斯教授从不迟到，但这一日，满教室的学生整整等了他一个钟头，他也没有出现。教室里开始有学生用低微却人人可闻的声音议论着克里斯教授是被抓去参军了，香港马上就要打仗，英国人正在抓紧一切力量武装自己的军队。婾西只当消遣听着，从没想到看似遥远的战争，次日一早就到了自己身边。

　　一颗流弹不巧落在了婾西校舍的旁边，轰隆一炸，一座三层小楼霎时成了惨烈的枯骨，断壁残垣混着炮灰尘土和火药味一股脑地向婾西直直袭来。烟尘四散，将白日笼成黄昏，婾西什么都来不及带，只下意识地从柜子里捞出那本夹了剪报的书，紧抱在怀里，便随着舍监的指挥逃去了校舍最下层的防空洞内。黑漆漆的格子间里，只听得机关枪在头顶上噼里啪啦一阵又一阵地扫去，就像酷夏急切的雷阵雨，劈头盖脸一阵拍打。

　　女学生们在这暗无天日的防空洞里一连待了三日，有学生被弹片划伤了肩膀，可缺医少药，舍监只能用衣服绑成绷带止血。香港一向湿热，沉闷的防空洞内更是如此。那学生的肩膀隐隐已经发炎，疼得她不住嘤咛，旁的学生自顾不及，都默默在角落里哀叹自己的命运，祈祷不要变成下一个遇难者。

又过了一夜，流弹击中校舍时墨棋正在盥洗室，仓皇间她只携了个小白铜脸盆出来，却不料在防空洞里派上大用场，这几日分取饮水全依仗它。婳西刚喝了几口冷水，脚下便又似地震般颤抖拱动起来，闷闷的轰炸声此起彼伏。墨棋最怕听那声音，骇得缩成一团，婳西将她搂在怀里，闭目收声，只感到心脏在胸腔里咚咚跳着，愈来愈激越高昂，婳西竟有点惘惘的安心，这小小的防空洞里暂时的安宁将所有生死攸关的恐怖关在了门外，咫尺天涯，极远又极近。

墨棋的母亲在第四日凌晨，趁着没有流弹，匆忙接走了她。香港沦陷，墨棋一家要逃去马来西亚避避难，墨棋本想携了婳西一起逃离，无奈婳西没有通关证明，出入境都成问题，便只能暂且留在学校。墨棋临走前匆忙留给婳西半张残笺，上面是炭笔粗略写就的一个地址，那是墨棋极亲密的一位旧友，她悄声告予婳西，若实在走投无路，这是个可投奔的地方。

到了晚上，炮声又密集了起来，一阵猛烈的空袭掠过，一发重炮正巧打在了校舍中央。婳西只觉天塌地陷，眼前一片漆黑，扬起的炮灰尘土不管头上脸上一把糊了上来，婳西难以呼吸，只得拿着披肩捂住口鼻。一开始周围的同学有的跳，有的逃，还有号啕大哭撕心裂肺大呼小叫的，炸弹一炸，反倒都安静了。婳西蹲在角落默默想着，这也许就是末日了，自己竟要这样死了，同一堆互不相熟的人血肉模糊地死在一起。可转念一想，就算和相熟的人死在一起又能怎样，这种时候难道还要讲究什么骨血姻缘。婳西正想着，突然听得一连串焦迫绝望的呼声，叫的隐约是自己的名字。

"婳西！婳西！季婳西！你在哪里，你还活着吗？季婳西！"

婳西醒了神，睁开眼，防空洞竟然被炮弹炸出了一个口子，隐约有火光映入。

"婳西！季婳西！你要是活着就答应一声！季婳西！"

那声音遥遥传来，听进婳西耳里，只觉熟悉，刹那间，婳西猛然一个念头，难道是他！婳西突然像疯了一样，扯开嗓子对着炮弹炸开的洞口高喊："我在这里！我还活着！我在这里！我没死！"

那声音听到了婳西的呼喊，向着婳西跑来。婳西从洞口蹒跚钻出，一条腿卡住了怎样也出不来，婳西正兀自挣扎，一股外力突然扯着她从洞口摔了出来。

婳西定睛一看，竟是楚南山！

楚南山的上衣满是灰尘，袖子破成了一条一条，往常一丝不苟的头发此刻已毫无风雅可言。

婳西心底瞬时有些什么沉了下去，不禁自嘲，难道还能是他……

楚南山见到婳西却欣喜若狂，连忙拉着婳西躲到一处看似安全的墙角："季婳西，我来接你，快和我走，我有安全的地方！"

婳西猛地甩开他的手："我为何要跟你走，我们不过只相识几日。"

楚南山眸间隐隐凄恻："你当真不记得我了？"

婳西心绪彷徨，一时不明："我不明白……"

楚南山正色道："你当真忘了我们的冰梅子？"

校舍的断壁残垣中，火光闪映，尘灰起舞，婳西怔怔地望住楚南山，一字一顿："你说什么？"

楚南山却像倏忽失了力气道："我说……你当真不记得我了？"

婾西仿佛隐约了解了什么，不知怎的，眸中竟不禁泛起泪珠，她急急道："你到底是谁？"

楚南山垂了头："你曾答应我，我用一坛冰梅子，换你一件事，我只问你，你还认不认？"

婾西大惊失色："你怎么可能会知道！你究竟……"她又倏忽想起那坛莫名的青梅，莫非竟是他送来的！

远方一颗炮弹轰隆炸起，连天畔都微微泛了血红。

听得炮声，南山紧握住婾西手腕道："冰梅子你已收到了，现在我要你答应我，跟我走！"

一阵风卷着沙石炮灰迎面吹过，婾西被呛得连咳几声，只觉心中惶然失措，连手足都无处放矢。她的耳畔似乎漫起浓雾，瞬息之间，那些炮火、哭喊、脚步，便仿佛疾风中未牵稳的风筝线，倏忽从指缝间飘零许远。她望着他，隔着迷蒙的尘雾，是啊，那么熟悉的眼眸，似墨浓黑，还有他微微抿着的嘴角，和她记得的他，一样。她早该认出他来，可为什么没有？

见婾西不语，楚南山一面轻拍婾西肩背，一面胡乱从外套口袋里掏出一只被半压扁的草编小鹂，不管不顾地塞进婾西手里："我的允诺都做到了，不管你还记不记得，现在跟我走。"

刚接住南山塞来的草鹂，一颗流弹便轰的炸开了墙壁里端，巨大的轰鸣震颤，婾西只觉嗡嗡耳鸣，两眼一黑，过了一会儿竟又吸了口气，一口气半口尘土，婳西呛得咳嗽不止，但好歹知道自己原来还活着。婳西握着草鹂咳了一阵，只觉心里身上一阵阵发麻，也许声音可以混淆，样貌可以改变，但这黄鹂的编制骗不得人，只有欧阳哥哥会把黄鹂的翅膀翻折起来，在翅尾勾出淡淡的羽毛痕迹，这是只有他们俩人知会的细节。婳西连忙翻出手中的草编黄鹂，眯紧眼睛去瞧那翅尾，淡淡的羽毛痕迹，似是连笔触都未曾改变。

婳西恍惚了，是她太迫切地想认出他吗？甚至在旁人脸上都看出他的痕迹。婳西不敢想了，她怕想起那个他，那个她曾满腔深情心心念念的他，竟然从来不是她要等待的人。婳西错了，彻头彻尾地错了。

待到轰炸翻起的尘土落下去些，才吸上一口气，这才发现南山屈腿卧在一旁，他的腿被炸裂的碎玻璃划出密密麻麻的伤口，其中一条伤口很深，正汨汨向外流血。南山侧躺在地，不住呻吟，那碎玻璃割出的伤口极深，南山的一条裤脚全部浸红，也不知出血量究竟如何，是否伤到了危险的大血管。婳西脑中嗡鸣一阵，将草鹂塞进上衣内袋，双手双脚爬向南山，跟跟跄跄才扶起他。南山的腿吃痛不已，婳西用自己的身体支撑着南山，仿佛用尽所有力气，奋力说道："欧阳哥哥，我们走，车子停在哪里，我们去找！"

南山却怔住，一阵恍然，好一会儿才回过神来，声音一半颤抖一半坚定："好，我们走，我们走，去山道拐角。"

天上的流弹还在簌簌飞着，婳西撑着欧阳，两人沿着山道边沿小心翼翼地走去。

汽车在密密麻麻的流弹网里到了浅水湾饭店，南山的裤腿早已被血浸透了，婼西拿自己的披肩暂时包扎了他腿上的伤口，可止血的效果不好，一块披肩已经红了大半。饭店楼下停着驻军，可见物资更较其他紧缺，婼西搀扶着南山，两人踉跄着才走进饭店大厅。南山紧咬着牙硬撑着，花了较平时五倍高的价钱才开出一个房间，婼西东求西求，总算求到些碘酒和纱布，简单为南山消毒清理包扎伤口，好歹是将血止住了。婼西又忙着烧水，用了五个咖啡糖包才冲出一杯像样的糖水来，南山喝了糖水，精神好了许多，躺在床上闭目休憩。

　　婼西抬起袖口擦了擦额头的汗，刚坐下来想再检查下南山腿上的伤势，却看到南山睁开了眼睛，嘴角挂着邪邪一个笑："以前在英国念书时，学到一个啰唆的老头，出了名地罗曼蒂克，但我却只爱他一首诗，Shall I compare thee to a summer's day？"（摘自莎翁十四行诗之"我能否将你比作夏天？"）

　　婼西看到南山终于有了些许精神，也释然一笑："我也很爱这首诗。"

*So long as men can breathe or eyes can see,*
（只要人类还能呼吸，只要我的眼睛还看得见）
*So long lives this, and this gives life to thee.*
（我的诗就存在，你就存在）

南山吃力地调整了下腿的卧姿，宛然笑道："我第一次读到这首诗，就想起了一个小女孩，她笑起来像夏日阳光。我以前性子不好，阴沉沉的，跟谁都不愿多说话，只有她，我只愿同她说话，和她在一块儿，我觉得心都是热的。"

南山说到此处，嘴角微微翘起，笑容里像是藏着很久很甜的记忆："可她却偏爱吃冰梅子，既然她喜欢，我便也陪着她吃冰的。其实我平日都不吃冰，怕冷，可我只能和她一起吃，因为她像夏天，我挨着她，就不觉得冷。后来我去了英国，连道别也没顾上和她说，英国湿冷，我常常在夜里冻得睡不着觉，壁炉烧到最旺，我还是冷得发抖，每每那时，我便想起她，我暗自发誓，一定要回去找她。可当我终于毕业了，我却找不到她了，她的家不见了，她也不见了，我找了很久，总算找到了她，她却不记得我了。小妹妹，你告诉我，我是不是弄丢了我的夏天？"

婳西听到此处，眼眶早已红透，穷极一生，婳西也没有料到自己竟会陷入如此的境地。她竟然认错了，认错了自己一片热忱放在心上的人。几颗豆大的眼泪靡靡扑簌："欧阳哥哥……我…你……你别说那么多话，省省力气吧，我……我去找找给你替换的干净纱布。"

南山情急之下抓住婳西的手腕："别……你先别走，我的腿没事，只是皮外伤而已，我好不容易找到了你，你同我说说话吧。"

婳西侧头擦干眼泪："可我放心不下……"

南山柔声笑道："这有什么放心不下，好不好，一条腿而已，我还有一对胳膊一双手，一样可以保护你。"

婳西红着眼眶转头嗔怒："你在说什么傻话，哪有自己都不操心自己的，我哪里值得。"

南山也正色道："你不值得，难道还有别人值得？"

婳西撇头："你瞧这炮弹来来去去，一只眼睛不长，任是炸死了谁，都有人的日子要过不下去。只有我无牵无挂，炸死了我，所有人的日子都要长久地过下去。你说，这样的我值得什么？"

南山重重说道："你不能死。"

婳西摇头："我的事情，你根本不知道。"

"不管发生了什么，经历了什么，你都不能死。"

"为什么？"

"没有夏天，我会冻死。"

婳西一阵哑然。

南山叹气："我要向你道歉，向你隐瞒我的身份是我的错，只是我有太久没有见你，我也不知怎的竟会胆怯起来，只好想出这样蹩脚的法子，真是愚蠢至极，婳西，抱歉。"

"欧阳哥哥……是我不好……是我该说抱歉。"

"小妹妹，你没什么可抱歉的，一个执着的痴人终是找回了他的夏天，你应当为他高兴才是。"

婳西默然失语。

南山又笑道："实话说，我想象过各种再见你时的情景，却从没想到是眼下这种。不过还好，你还是你，我还是我，我们都没有变，只是你的记性确实不大好。”

婨西破涕为笑，笑了一会儿又蹙起眉头："你也许依旧是你，可我早已不是以前的我了。"

南山也笑："真是胡说，既没更名又没改姓，你依旧是你，季婨西依旧是季婨西，只要你是季婨西，那就是我的夏天。"

婨西拿袖口拭干眼泪，泪中带笑："尽是疯话。"

婨西指着自己的蓬头垢面笑道："就我现在这个样子，还是你的夏天？"

南山哈哈大笑："我说是，那就是！"

欧阳楚义（楚南山）在浅水湾饭店休养了几日，腿伤仍旧愈合得不好。饭店的储藏虽丰，但大部分都是留着给军队的，分给客人的除了几包方糖就是苏打饼干。婨西想着这样的条件，对楚义的腿伤有害无益，可是时局不稳，又不敢贸然离开饭店，就这样又纠结了几日。战事渐稳，楚义将将可以下地行走，婨西才提议离开饭店，换个地方让楚义养伤。

楚义用一块金怀表，又搭上婨西的翡翠镯子，这才换了一辆小马车，草草带着婨西收拾了些衣物去了西湾山上的巴丙顿道。楚义在那里购置了一套房子，原本白色的小洋房被炮火染得灰不灰，棕不棕，远远望去，难看至极。楚义推开虚掩的门，只见室内一片狼藉，吃过的空罐头壳，鸽子粪便，浸着汗味的破衣服，还有各种灰尘和炮弹碎屑，凌乱地在房间里熬成了一锅大杂烩。

欧阳楚义一脸歉疚："这房子怕是驻过兵，乱糟糟成了这个样子，这间西山小筑本是我要送你的礼物。"

　　婍西怕他走路不稳，一直撑着他的胳膊，急急道："没事的，你看这些，还有那些，都可以收拾干净，等我们把这些都扔掉，地板擦擦干净，一切就完好如初了！"楚义看着婍西的眼睛，清澈透亮，微微一笑便弯成了两弯月牙儿，楚义不禁舒展了眉头，握住婍西撑着他的手，重重点头："好！"

第五章

满眼春风百事非

来到西湾山后，婀西同楚义先是匆忙张罗了些吃的，之后便开始着手整顿西山小筑。幸而煤气和自来水的供给都还没断，婀西顾着楚义有伤，便事事都抢着亲力亲为。楚义做主扔掉了许多破掉的家具，又重新添置了些新的物件。婀西忙着扫地，拖地板，遇到婀西拧不动的被褥床单，楚义便腾出手来帮着一块儿拧，还笑着打趣："这拧床单又用不到腿，你可没道理拦着我了。"婀西听得悄声一笑。楚义吃不惯婀西煮的饭菜，便吵嚷着要亲自动手，楚义初次上灶做菜，竟然带点北平风味，婀西吃得惊喜，总怂恿着楚义再多研究几个菜式。还好楚义身边的港币带得足够，所以这段日子他们倒过得自在。

　　一日婀西同楚义上街买菜，刚拣着新鲜挑了些青菜，便迎面撞见艾晓弥挽着菜篮一瘸一拐地朝着他们走来。艾晓弥是东南亚一只小岛上的西施，天生的焦糖色皮肤，发色偏棕带着鬈曲，笑起来能看出两只对称的酒窝。在学校撤离时艾晓弥硬要带着她的两只黑皮箱子，里面装的是她各种场合要穿的衣裙，结果才下山阶，她便被流弹炸伤了腿，在防空洞里养了三天，缺医少药，连累得伤口都溃烂了，直到现在还不便走路。

婳西见她一身三成新的白色护工服，头发已剪成男式的菲律宾头，肩头披着件开了线脚的黑色毛坎，便知她后来定是从学校逃去了守城护卫队，只有那里乐意招收无家可归的外埠学生。

在学校里婳西同艾晓弥只是点头之交，共同修过几门不紧不要的课，因着艾晓弥几乎不和内地的学生交往，婳西与她也从未有过多言谈。

只是这次艾晓弥远远望见了婳西，便提着脚步一拖一踏地招呼："愫细（Susie）！真没想到在这里碰着了你！"

婳西朝艾晓弥微笑道："是啊，真是再巧不过。"

艾晓弥试着扯平衣上的褶皱，那半灰不白的棉布护士服反倒又多出了几道竖纹："愫细，你看起来很不错，我原以为你回了内地，没想到你还在香港。"

婳西摆首："战争时期，去哪里都担着风险，索性先留下几日观望看看。"

艾晓弥附和地点了点头："那你现下住在哪里？"

婳西看向楚义，嫣然笑道："我幸得一故友相助，住在西湾山。"

楚义站在婳西身侧，向艾晓弥欠身致意："幸会。"

艾晓弥看着楚义："这位先生好生眼熟，像是在哪里见过。"

楚义微笑道："也许是有缘在耶诞舞会上打过照面。"

艾晓弥恍然大悟，点头称是："我记得了，竟然在这里巧遇了楚公子，真是幸会！"

婳西却没料到楚义结交的人如此之广，连艾晓弥这样不常交际的人都对他有所耳闻。

艾晓弥又对婳西道："愫细，没想到楚公子竟是你的故友，你可真是深藏不露。"

婳西听得奇怪："哪里，我们也是最近才重逢的。"

艾晓弥又问道："你们这是要回西湾山去吗？早就听闻那里风景极好，不知我可否有个机会能一睹佳景呢？"

婳西还未答话，楚义便抢着回道："香港沦陷，西湾也遭了重创，风景早已不若当初，若是艾小姐有此雅兴，不如等战事平复后再来拜访，届时我同婳西一定极力接待。"

艾晓弥听出楚义言下之意，也知自己冒昧了，便匆匆同他们道了别，约定待香港平息战事，再相聚一叙。

别过艾晓弥，婳西想起还要添些米粮，楚义便陪着她转了方向去米店。婳西还未走近店铺，便见到一路长队徐徐排到街口，婳西暗自踌躇，家里的米是怎样也撑不过两天了，今日也不知到底能否买到一把米来解这燃眉之急。婳西正发愁，身旁匆匆略过一灰衣男子，只见那男子拿外套包了头，不管不顾地撞开队首几人，一语不出便掏出一把枪，枪口直直指向舀米的伙计，那店家吓得老腿瘫软，随手扯过两包米，也不敢用手递予那人，慌张投了过去，只求留下命来。那人接过米包，转头撒腿就跑，生怕被谁追了上来。

周围一阵人心惶惶，两个老妇用粤东语低声念叨着，婼西也听不清楚，只兀自蹙起眉来。这几日战事稍息，港内一切秩序都在恢复重建中，物资紧俏，货币又不流通，常常有人被逼无奈，走投无路下，不知从何处寻来枪支，豁了胆子做一次亡命之徒，只求家人能吃上两口热饭。

楚义轻拍婼西肩膀："别怕，那人只是饿昏了头，豁了命来抢把米吃，倒不是什么恶人。"

婼西叹气："这磨人的世道，硬生生把好人也逼成了恶人。"

楚义轻笑："你这是又在多愁善感了吗？"

婼西白了他一眼便转过头去不再瞧他。

楚义又笑着绕到婼西身侧，低头道："我看你这样子倒有几分像林黛玉，莫不是你也想学她，在这乱世里，做个伤春悲秋的女诗人？"

婼西闻言，没忍住扑哧一笑，嘴角晕出一只小小笑涡。

楚义立即赞道："这样才好，你笑起来最好看，以后你还是多笑笑吧。"

婼西玉指一伸，踮起脚轻点楚义额间："就你长了一张贫嘴。"

楚义拿食指轻揉着刚被婼西点过的额间，瞧着她默然微笑。

排了许久的队才轮至婼西，幸好还留有最后一点米，楚义花了高价将所剩不多的米全部买了。想到楚义还带着伤，婼西便抢先将沉甸甸的米抱在自己怀里，任楚义怎样说服也不退让，抱着米包，想到晚饭总算有了着落，媮西像是吃了颗定心丸。人活着有时看似艰难，实际却总也逃不过吃喝二字，当把存活的要求降到最低，才发现曾经介意的许多都失了本身的重要。劫后的香港，街道上每隔着五步十步便有人支着架炉，卖着一种小圆饼状的烤制吃食，香味一股股飘散着。除了街角横陈的弃尸，一切看起来就像任何一个和平小城都会有的烟火人间。

狭长的小街上，楚义拎菜，媮西抱米，两人默默走了一阵，媮西不禁回头瞧向楚义，却看到楚义也在侧头瞧她。

媮西娥眉轻挑："伤还没好，就不好好看路，小心下一步摔个大跟头。"

楚义挑眉一笑："路有什么好看，倒是我身旁有位妙人，荆钗布裙，脂粉未施，却很值得一看。"

媮西撇撇嘴角："油嘴滑舌，一点正经没有。"

楚义故作失望地咋舌道："哎，你这板起脸来教训人的样子，倒有几分年轻母亲的架势，只不过你怀中抱的是包大米，不是婴孩。"

媮西捏起拳头，轻捶在楚义肩头："你晚上还想不想吃饭？"

楚义却装出一副很是吃痛的样子，唯唯诺诺地回道："想吃，想吃。"

媮西不由得一阵莞尔。

这样又过了几日太平日子，一日媮西正准备着手做午饭，突然听得门口咚咚响起一串敲门声，媮西心下奇怪，谨慎起见，便先在门里问来人哪位。只听得那来人用粤东腔极重的英文回问这里是否有一位欧阳先生，他是来为欧阳先生送信的邮差。媮西听罢便赶紧开了门。

那邮差年纪不过二十上下，一副黑黄面皮，麻利地从胸前挂着的一只绿色麻布邮袋里掏出一只牛皮信封。媮西接过信件，谢过那邮差又付了他足够的小费，才细细打量起那封来信。那信件开口用红色胶泥印密密封着，信头字体隽达齐整，只写了西山小筑的地址和"欧阳楚义先生亲启"的字样，看邮戳是从南都来的。媮西拿着信件上了楼，轻敲楚义的房门，才敲两下，里面便传来楚义慵懒的回话："无须敲门，进。"

媮西闻言便推门进去，只见室内光线暗沉，楚义还拥着鹅毛绒被蜷缩在茜纱床上，睡意犹酣。媮西摇摇头，不言不语便猛地一下扯开窗帘，阳光如瀑布激流，哗的一瞬便灌进了整个卧房。楚义忙用手背捂住眼睛："时间还早，快拉好窗帘。"

媮西双手叉腰："哪里还早，都日上三竿了，还不起床！"

楚义移开手背，睁开眼睛适应了光线，微微笑道："你是来特意叫我起床的吗？"

媮西极力绷住笑意，故作严肃将那牛皮信封递予楚义："才不是，我只是收到了你的信。"

哪知楚义一见信头字迹，便骨碌一下翻身下地，正色道："媮西，你先去歇歇，我过会儿便去找你可好？"

媮西见他神色凝重，倒心下起了惊讶，他从没什么要避讳她的，惊讶归惊讶，婑西却也没有多言，点了点头便反手扣上房门走了出来。

这日婑西斜斜绾了发髻，却总有发丝会从颊边垂下。婑西正要将垂发拢回耳后，手抬到颊边，却隐约闻得自己指尖上还留有牛皮纸封的清香，不禁想起之前在季府西苑，那时每次寄出信后，指尖上也是这样的味道。想至此处，婑西不觉愣愣出了神。

自那次林之衡回南都后，婑西每隔两三日便会寄出一封信，信里倒也没有什么要紧事情，有时写写学校功课，有时写写家中琐事，还有时婑西为了不知缘由的事情高兴了，也会没头没脑地写一封信去。每封信的篇幅也长短不一，短则两三句，长则四五页，偶尔来了兴致，笔耕难辍，一写写了七八页的不知所云也是有的。但接到的回信却远远未及去信那样频繁，回信通常极有规律，每半月一封，每封三四页。婑西每每接到来信，便自顾自地躲回西苑，一字一字从头读至尾，有时读着读着便哧哧发笑，有时又暗自伤神，常常睡前还要从枕下摸出几封，细细读上几回，甚至有几次一觉醒来，发觉怀中还抱着昨夜读过的信纸。

这日中午，婑西难得地做出了四菜一汤，珍珠鱼，蒸南瓜，灼菜心，煮莲藕，还有小小一盅清焖蚝汤。一方简单的四角木桌竟聚齐了粉橘青白四色，一进餐室，只见满桌缤纷，轻轻一嗅更觉香甜扑鼻。

可楚义却未同往常一样先对婑西的菜肴做出品评，反倒拉住婑西手腕道："婑西，你坐，我有些话一定要同你说。"

嫣西听得便停下手中忙活的琐事，移过小椅与楚义照面而坐。

楚义从上衣口袋拿出一方小帕，拉过嫣西双手为她将方才手上沾的水擦拭干净，这才敛了神情，郑重道："嫣西，方才那封信是大哥的亲信写予我的，有些事我怕你担心，一直未同你说，但此次情况紧急，有三件事，我必须同你坦白。"

楚义顿了顿道："第一，我父亲的身体并不是无缘故的自身疾病，而是因着两年前，父亲在赴北平途中遇刺，这才一病不起。当时我在英国，父亲派了信告知我不用担心。一切幸好有大哥照料，自那以后，大哥就接了父亲的位子，一直劳心劳力，我却从未帮大哥分担过什么，是我对不起大哥……"

楚义有些哽咽，他握住嫣西的手，继续道："第二，前几日，大哥出门赴宴，车子却在途中爆炸，车上四人，三人丧命，大哥受了重伤……"

楚义眉头紧皱，神色间哀戚难忍，嫣西不知如何宽慰，便只轻轻拍了拍楚义肩头，楚义叹了口气道："第三，现在大哥生死未明，父亲卧病在床，为了欧阳家，二哥新婚不久便出面主事，但族中有许多人并不支持二哥。所以我必须回去，这个关头，我不能让二哥一人撑着，我要助二哥一臂之力。"

嫣西本默默听着，可猛然从楚义口中听得他的一句"二哥"，嫣西顿觉心间一阵绞痛，可又不知应如何言说，只好生生隐忍下来。

楚义顿了顿又道："二哥一直是我们三兄弟中最坚强的一个。记得小时候，因着父亲从前偏爱林夫人，母亲总是为难二哥，使得下人们都不敢唤二哥排行，只有我敢喊他二哥，除了父亲，也只有我认他是我二哥。二哥从来对我都好，事事让我助我，我却从来不能为他做些什么，就连他结婚，其实也是因着我的缘故……"

婠西眸中早已隐有泪光，她将下唇咬得雪白，自己却一点不曾察觉。

楚义道："与宋家联姻是母亲极力主张的，从两年前，母亲就常常同我提及，以前我借口学业未成，一直推脱。直到这年，逢我毕业回国，父亲又旧伤愈重，外事不稳，母亲同我谈了许多，可我还是拒绝了。"

楚义轻轻拂过婠西鬓发："我还没有找到你，怎么可以娶别人。"

楚义握紧婠西双手道："之后父亲和二哥彻夜相谈，第二日，二哥就答应了宋家的事，我……"

婠西心绪凄迷，伸手去遮楚义的唇："不说了，不说了……"。

她望着楚义的脸，心底的执念却总令她模糊地想起之衡，婠西不禁打了个冷战，十二年的种种，最初那个少年，红着脸颊，吞吞吐吐道："我……我能否用冰梅子换你一件事？"除却之衡，婠西从未想过还有其他可能，而如今楚义的一句话，却晴天霹雳般将婠西打倒了。三年前的座上宾，如果是楚义前来，是否如今的一切都将改写？难道是命运开的玩笑么，十二年的执念错了？

楚义低头道："婠西，原谅我，这次我本想带你一起回南都去，但眼下情况如此，我不能确定南都比香港更安全，我不能拿你冒险。你听我说，你就在西山小筑安心等我几日，我会帮你安顿好一切，待南都稳定下来，我便立即来接你。"

　　婳西不知该如何作答，听得楚义要走，只觉心中顿时空落落，想到他的伤口还未愈合，想到外面战火连连，虽有满腹话语要说，可一到嘴边反而却一句都说不出了，只得兀自为楚义夹菜："这几日我的手艺还是有长进的，你再吃两口吧。"

　　楚义也不推辞，婳西为他夹什么，他就吃什么，只是眼光总不时看向婳西。

　　待海路上的航船一重新开通航线，楚义便仓促地订下了船票。之后几日，楚义又为婳西添置了些米面蔬果，还雇了一对粤东的乡下兄妹做日常用的小厮和女佣，名唤阿列和阿萍。这几件事刚办完，楚义就该走了，其余的都留给婳西去慢慢打理。

　　这日的傍晚淋漓下着细雨，婳西送楚义离港。香港的冬日迷蒙着湿冷的水汽，婳西陪着楚义在客船上的大堂餐厅胡乱吃了些三明治，她放心不下楚义腿上的伤口，一直絮絮叮嘱。楚义笑着全部答应下来，一面多吃了几块三明治，一面劝婳西也多吃一些。

　　客船开出港口时发出了长长一声低鸣，像个伤风人的哽咽，海水氤氲，船笛呜咽，码头细雨迷离，送别的人不多，偶尔几个，不时朝渡轮上的人们挥一挥手，拉长声音喊上几句嘱咐。楚义的白色玻璃雨衣在渡轮上的人群里显得分外显眼，只见他奋力地不停挥着手，双脚跳上跳下，一刻也不愿安宁，远远瞧去，好似一顽皮小童使出浑身解数来吸引注意目光。婳西不觉扑哧一笑，含着笑意也张开双臂，朝楚义不断挥动。

媮西又将双手围成喇叭状放置于口边,高声呼道:"照顾好自己,不要挂心我!"渡轮上的楚义仿佛听到了媮西的喊话,重重地挥着手。媮西重新深深吸进一大口气,再次向楚义大声呼去:"小心腿上伤口,记得按时换药!"对面的楚义也双手围成喇叭状向着媮西高呼着什么,可奈何汽笛声过于沉重,再加之阵阵海浪逐波戏水,媮西怎样也听不到楚义的声音。渡轮渐行渐远,楚义的身影愈渐渺小,媮西怔怔地立在码头上,绵绵细雨处,怅然天地间。

　　一切惊人地相似,曾几何时,这样的别离也在媮西的生命里出现过。她蓦然想起那年的北平,那时翻飞的雪花,那时微红的脸颊,还有那时的她和他。

　　那时的她明眸皓齿,巧笑嫣然。

　　"那你这次多久回来?"

　　"我会很快,我一定尽快回来见你。"

　　"那我等你。"

　　"好。"

　　那时她说话间呵出的热气在空中凝成长长一道白色水汽,他手上的毛线手套针脚错乱,线头丛生,可他却似毫不介意,只双手握着她的手,含笑凝视着她。

　　江南江北一般同,偏是离人恨重。

　　客船开出很快,很快便不见了踪迹,不论媮西怎么瞧怎么望,都再看不见那个白色的身影。雨几乎停了,媮西收了伞,从随身的碎花串珠小包的里侧夹层里摸出一张泛黄的剪报。校舍被炮弹轰炸时，婳西身旁人人惊慌失措，兀自奔逃，她头脑一阵空白，不知怎的，却摸出钥匙开了柜门，拿上夹着剪报的书就朝外跑。后来几许奔波，书不知丢在哪里，却独独还留着这一小块报纸。

那报上的黑衣公子神情肃穆，言笑不苟，一滴雨水从伞角滑落，迸裂在婳西手中的剪报上，婳西慌忙拿袖口去拭干，擦来擦去，却发现雨水早已浸透了纸背，模糊了那报上公子的面容。婳西拿指尖轻轻抚过那报上人的发鬓，望着雨后海面上的水天一线处，将那枚剪报反扣在了心口之上。

楚义刚走两天，炮声便又响了起来。一发发流弹割破天际，拖着长长的白色烟尾，轰隆一声炸裂在不幸的哪处。全港的人们都朝海面望去，叫着开仗了开仗了，即便再怎样不愿相信开仗了，却毕竟是真的开仗了。楚义当时雇来的阿萍和阿列早卷了他们随身的细软，不知何时就跑了个干干净净。在本就空空的西山小筑里，婳西孤身一人，又担心着楚义的安危，心里空着，胃里也空着，这使得婳西感受的恐怖分外强烈。

仗打了几日，流弹日夜未停，一日深夜遇到颗流弹炸在旁边的空地，一声震响轰天彻底，天花板簌簌掉下许多碎屑灰尘。再近目一看，两道蜿蜒的裂纹早已爬在了墙壁与天花板的接壤之处，婳西心慌意乱，睡意浅淡，几次梦见房屋喀啦一声溃裂下来，于是一夜无眠，睁着眼睛看到第二日冷白的日光斜斜扫进厚重的窗帘鳞隙。

这样的日子不知过了几日，婳西不想也没空去数着计算，能费尽心思地活下来就已经耗掉她大半的精力。这日她吃了盒子里最后两块饼干，灌了两口凉水，也不知接下来的日子要如何过活。�西兀自想着，还好现下就自己一人，即便在哪次轰炸里死了，也没有要牵挂着、惦念着的人，死倒死得干净。她扯扯嘴角，艰难地扯出一个苦涩的笑，孑然一身，也不过如此。可转念却又想起楚义的事，想起他离开没两日，便打起仗来，也不知他的船现下是否平安。每念及此处，�西只觉惶然无措。

又过了一夜，次日清晨，一阵阵轰轰隆隆的卡车声由屋外驶过。�西浅眠难歇，只好蜷着腿窝在沙发上，半披着件镂花薄毯，有一搭没一搭地读《红楼梦》。这书�西自小便读过，当时只惊喜于书中的各样精巧吃食和华衣美裳，此时此景，再读红楼，伤心人看伤心事，�西竟读得隐隐有些感伤落泪。

又一阵卡车声渐渐驶近，�西正暗自打量着这卡车还有多久才能过去，却突然听得车子在门口呼哧一声熄了火，像个垂死之人无奈的叹息。咚咚的敲门声随之而来，�西心头一紧，镂花薄毯随她身子前倾而掉落在地上。见屋内没人响应，那敲门声变成了猛烈的撞门声，砰砰砰，�西如梦初醒，愣了几许。她合上书页，怔怔地还不忘将左下脚翻卷起的页脚细细压平整，才翩翩然走到大厅。管他是驻军或是强盗，怎样这命也只有一条，总也强过了被流弹炸得粉身碎骨，同一群陌生人血肉模糊地混搅在一起。

�西下定决心，从空着的水果篮中取出一把银色匕首，握紧在手里，另一只手颤巍巍地拧开了大厅的门锁。门锁发出清脆的咔嗒一响，大门应声而开，一股浓烟混着尘沙从开着的门口迎面呛来，�西被灰尘蒙了眼，咳了几声，才看清烟尘中渐渐显出的那人面貌。

婾西手中的匕首咣当一声掉落在地。

婾西怔怔然立在那里，好一阵子才发出声音，那嗓音沙哑悲咽，竟全然不同于平时："林哥哥……"

林之衡沙尘满面，发鬓成灰，西装的下摆斜斜扯出一条口子，他上前一步，用双臂环抱婾西。

第六章

朝暮未改故人心

那日北平的风声带着呜咽，卷着沙尘，在任何人都猝不及防时便席卷而来，遮天蔽日的黄色沙土，似一张巨大的盖帘，啪的一下将所有活物都扣进了箱笼。天黑了，却不是因为时辰。

　　季老太爷的噩耗就在这天传进了婂西耳里。到底是怎样走进祖父那间熟悉的卧房，婂西早已不记得了，唯一记得的是那时盖在祖父身上的银丝锻被，在灯烛照映下，暗绣的银灰的麒麟闪着微光。婂西只觉那只被上的麒麟隐隐张着血盆大口，像是下一刻就要生吞了她。沙尘遮了日光，尽管点着灯，房间里仍旧显得黯淡。祖父床前的空地上跪满了人，黑漆漆的人头一个挨着一个，天光黯淡，婂西也看不清究竟有多少个人，只觉那嘤嘤的哭声像聊斋里催命的小鬼。

　　婂西想去握祖父的手，却止不住地手腕打抖，握了几次才握住祖父的手。那手的温度同她记得的不一样，恍惚中她只觉认错了人，仿佛床上躺着的这个人，冰心冷骨，僵肢硬体，并不是自己的祖父。婳西记得祖父的手，温热，宽厚，手背指骨处有淡淡的白块，还有清晰凸起的青色血管纹路，小指的指甲有两道明显的竖纹，指尾发着棕色，她常常去握祖父的手。可此时攥在她手里的，是冰冷冷沉甸甸的一只硬手，泛着青色，毫无温度，毫无情感，沉重，冷酷，婳西快要攥不住了。

婳西自幼同祖父最为亲近，她自认，因着祖父的照拂，从未感受过任何情感上的缺憾。而此时的婳西，跪靠着床沿，床脚的檀木阶硌得她膝盖生疼，双脚一阵阵发凉，直凉进脚心里。周围呜呜咽咽的哭声像鬼，一屋子跪倒的黑压压的人头也像鬼，人人都在哭，婳西却一滴泪也流不出。左边墨绿的窗沿下开了一缝，是下人们疏忽忘了关，簌簌的风正卷着沙尘进来，一阵风吹迷了婳西的眼，她也一滴泪哭不出。

婳西反复做过一个梦，梦里的祖父发了心绞痛，唇色发紫，喘不上气，半伸着手撑着床畔要叫婳西。她匆匆跑去煎药，却打不起火生不起炉子，药碗似有千斤重，每次就要捧到床前了，药碗却不知怎的跌碎了，棕色的汤药污渍了一地。婳西急得要哭，却张口无言，一声也发不出来，猛一挣扎才从梦魇里逃了出来，正兀自捂着心口喘气，心里暗庆还好是梦，刚呼出一口气，却又记起祖父早已不在。大梦唏嘘，又能往何处去，找何人说。一切都像是梦，却都真真地发生着，孰真孰假，孰虚孰实，孰是孰非，婳西竟怔怔分不出了。

那几日，季府里里外外都拿白布包了灯笼，小厮着黑，侍女穿白，除了大房二房的几位老爷太太戴着浓白的"孝"字，其他的人都在臂上裹了黑布。季老太爷的棺椁在季府主厅停了三日，便移了长乐庙，发了棺，出了殡。季老太爷出殡那日，媚西披着祖父的黑皮大氅在卧房躺了一天，粒米未食，滴水未进。过往的种种同祖父一起的琐事如暴风骤雨般在媚西脑海中呼啸来去。

媚西不到四岁，父亲便执意离家去了外洋，原本说过上些时日就来接媚西过去，可没等两年，就打起仗来。父亲音讯全无，媚西十岁时收到父亲一封信，信上说了一件事："喜得麟儿，勿念。"祖父看完父亲的信，叫了媚西去，也只拉过她的手，用手掌将将她头发。媚西还记得祖父那时的嗓音带着些微颤抖，不知是苍老还是悲凉，媚西听到祖父轻声对她道："不怕，祖父还在这里。"

许久许久了，媚西再未听过这样的声音。来香港后，当地人讲话总带着急切，讲快时音调急急如珠碎，她总感听不惯。可此时此刻，那人轻抚媚西发鬓，柔声轻轻道："不怕，我在这里。"耳畔突来的声音，令媚西恍然失了神。眼里噙了泪花，稍一纵头，泪珠便连成一线簌簌滚了下来，一阵慌张，怕人瞧出自己的窘迫。

之衡拿着绢帕要为媚西拭泪，怕身上的尘土沾染到媚西脸颊，特意将袖口挽了两折，刚抬起手腕便被媚西摆手推却了。蚕丝绢帕顺势掉落，夹着风堆叠在了门脚。一扇双开橡木门，门里泪雨零零落满襟，门外炮火声声尘漫漫，曾经依依绾别离，而今事事却依稀。

婳西踉跄退了两步。

之衡垂下了半抬的手，蹙着眉头："看到你平安，我才放心。"

婳西泪如雨下，侧头偏去："既如此，林先生便可离去了。"

之衡眸色深重，一字一顿："婳西，你不愿认我了。"

婳西不禁抬头，却正好迎上之衡的目光："我何曾认得过你。"

之衡只觉天地恍惚，仿佛还是那个雪天，在北平飞扬的雪花中，他的婳西明眸皓齿，巧笑嫣然，她红着脸颊，低头耳语："我等你。"他似是还能闻到那时她发丝的气息，却猛然看见她就立在自己面前，冷言冷语："我何曾认得过你。"在见不到她的时日里，他常常在人海川流中梦到她的身影，他拼命跑去，隐约中已听到她熟悉的笑声，可一转身，一眨眼，她又不见了。似梦似醒，哪个才是真的她，之衡犹疑了。

炮声中的沉默，像裹了油布的钟鼓，只听得闷闷的鼓点响在耳边，却分明隔了距离。不远处踉跄跑来几个逃难的岛民，一个五六十岁略带乡气的太太，薄薄的黑发梳了个髻，蒙着一层灰扑扑的污土，她一手扯着一个孩子，孩子们的裤腰交叠着，身上也污浊着，不知是摔倒过还是匍匐过。她身后跟着两个车夫模样的男人，趁着流弹消停，急急赶着跑路。

婳西望见他们一行五人渐行渐近，待隔着一条便道，一个男人猛地摘了帽子，露出一双下坠的环眼，手伸进帽尖一把掏出一只黑漆漆的玩意儿。婳西还未反应过来，只听"砰砰"两声巨响，幸而之衡机敏，刚刚侧身躲开了去，身侧的门廊便打开了花，两个孩子连忙挣脱了那妇人的手，两三步就逃进了下山方向的灌木丛里。之衡一个飞身将婳西挡在身后，借着大门做掩护，也扣动扳机，回击了几枪。戴瓜皮帽的男人被打中了脚，殷红的血淌了一摊，跪在地上起不来，另一个黄包车夫样的男人一边躲着之衡的子弹，一边扯着他的同伴往灌木丛里逃。之衡的银色手枪被阳光一晃，刺了婳西的眼睛，她不禁转头，余光一扫，只见那侧面的妇人从怀中也摸出一把枪。婳西头脑一片空白，迎着那妇人的方向便张开双臂，将之衡护在了怀里，电光火石一刹那，婳西只一个念头："他不能有事。"

只听婳西一声闷哼，身子便软软瘫倒下来，之衡伸手去揽，却一时情急抓了个空，只觉手掌一阵黏腻，这才发现婳西背上早已被血浸了大半。那妇人又要举枪，砰的一声枪响，妇人却斜斜倒了下去。婳西只觉背上剧痛难言，身上愈来愈冷，像隔着一层薄薄的墙壁，之衡的声音嗡嗡地喊着："子枫，她中枪了！她中枪了！"婳西只觉那墙壁愈来愈厚，之衡的声音听得愈发模糊，她只能感到他握着自己的手，他的手掌干燥温暖，同之前一模一样。

婳西仿佛做了一个冗长的梦，梦里漆黑一片，她慌张地要去找光，兜兜转转，却发现根本走不出这迷宫般的黑色囚笼，她拼尽全力去撞笼子，一阵挣扎，才蒙眬间醒转过来。不知睡了多久，婳西只觉口干舌燥，身上沉得发累，床铺却极其柔软，屋内光线混沌，看不出白天黑夜，稍一抬手，便觉后背被牵扯得剧痛，不禁嘶的一声呻吟出来，反倒惊醒了软榻上小憩的人。那人用手掌轻拭婳西额头，又轻轻握住婳西的手，低声叹道："你醒了。"

婳西定了定神，这才看到床畔坐着的原是之衡，他只穿着衬里的黑华丝葛对襟中衣，领口没有扣合。他眼下发着沉重的乌青，面容虽疲惫至极，神情却隐有欣喜，婳西猛然想起西山小筑前的枪声，反手握紧他的袖口，急道："你还好吗？"

　　之衡扯出一丝苦笑，爱怜地抚过婳西的发鬓："我都好，我都好。"

　　婳西长舒一口气，仿佛一下泄了身上所有的力，身子沉沉陷在被褥里，竟一句话的力气也拿不出了。这才隐隐想起发生的事，想起之衡的不告而来，想起突如其来的险境，却怎样也想不到，自己在那一刻心心念念的，竟是无论如何，他不可以有事。婳西心头一酸，竟默默垂下泪来。之衡瞧见她落泪，心如刀绞，忙拿过蚕丝软帕为她擦泪："别哭，烧才刚退，不要哭。"

　　婳西咬牙，从齿缝间挤出一句："我很累……请林先生回吧……"

　　之衡的手兀自僵住了，婳西倦倦眯起眼睛，室内斜斜拉着窗帘。之衡低着头半隐在阴影里，婳西看不清他的脸色，只感到他慢慢松开了手，站起身来，声音里带着沉重的疲乏："等你好些，我再过来。"说罢又为婳西掖好被角，轻轻带上门走了出去，他的脚步在走廊间响起些微回音，一声一声传进耳里。

　　婳西又昏昏睡了两日，一日醒来，看见窗帘缝隙间露着青灰的一线光，四下里静悄悄的，想是天色已快亮了。她用手肘吃力地撑起自己，这才坐了起来。环顾一周，只见这屋子虽不大，却布置得很是雅致，一水的西式家具配着珍珠白的墙，青莲色的窗帘露着一隙微光，十分静谧怡人。

她背上的枪伤有极烈的隐痛，这一撑一起，额头上早已出了一层薄汗，正兀自抬袖擦汗，却听得门上一响，旋即走进一个小大姐。她梳着旧式的两把头，圆脸，细腰身，穿着淡黄布的短衫长裤，衣上缀着点点小白素馨花。那小大姐双手捧着一个盛水铜盆，肩头搭着白毛巾，她腾不出手来，便拿脚尖轻轻把门一钩，那门便虚虚拢上了，一转身，看到媗西半坐着，倒仿佛吃了一惊，又马上高兴起来："季小姐，你醒了，我这就去喊张大夫。"

媗西伤后体弱，说话间总带着倦意："先不必忙……请问此间何处？"

那小大姐利索地将铜盆放在架上，又将毛巾挂好，还不忘回媗西的话："这里是吴家在粤东的外宅，我是来照顾小姐的香兰。小姐这几天一直睡着，林少爷吩咐了，小姐一醒，就让我先叫大夫。"

媗西听香兰的官话带着粤东口音，便猜出定是香港沦陷，自己身上又带着伤，之衡不便远行，只好暂且安置在粤东乡下。想至此处，媗西又道："打扰府上多时，真是抱歉了。"

香兰将毛巾浸透热水，又细细拧干，将热手巾捧至媗西面前："季小姐这样说可真是折杀我了，林少爷同我家主人本是旧识，季小姐借住此处，又怎能算是打扰。小姐先拿这热手巾擦擦脸吧，不知小姐可有什么想吃的？"

媗西接过毛巾："我还没有胃口，就烦你替我倒杯热茶吧。"

香兰娇俏一笑："我这就去，知道小姐醒了，林少爷肯定高兴坏了。"

香兰刚去不久，婳西正闭目歇息，突然听得有人开了门进来，婳西以为是大夫来探病，正要坐起身子，可刚刚睁眼一瞧，却是之衡。他一身墨色的长衫，并不走近，只兀自立在门口，轻声道："身上可觉得好一些吗？"

婳西偏过头，不去看他："好些了，多谢林先生关心。"

之衡向前走了几步，却在离婳西一步远处停了下来："婳西，你不认林哥哥了。"

婳西一听，只觉心内百味难言，她的指甲掐着手掌心，手心红了，指甲却挣得雪白："你不是他。"

之衡的声音更低了："求你不要这样。"

婳西心里一阵翻腾，心想既然话至此处，不如索性说个明白，倒也不必再这样耿耿于怀。这样想着，她便昂起头来去看林之衡的眼睛，他的眸子还同以前一样，炭黑深处闪着墨色的光："祖父去世前想见你，我求了全叔亲自去南都请你，却连你一面都没见到，我写了那么多信，你可有收到一封？"

之衡叹了口气："我收到了。"

他张了张口，却未再言。

婳西见他默默不语，便强忍了眼泪接着道："你可知道，伯父们分家，二伯本要做主把我嫁去唐家，是我自己去退了亲。二伯气得发疯，季家我是再回不去了，所幸接到了学校消息。可我分到的家产根本连学费都不够缴，原以为，树倒猢狲散只是书里的故事，待事情真正发生到自己身上，才明白故事和生活，不过只差一页纸。还好大哥接济了我一笔钱，这样我才勉强读了书。我答应过要等你，也一直在等你，结果却等到了你报上的结婚启事。当我不想再等你时，你却出现了，我早已不明白，于你而言，到底什么才是真心？"

之衡重重道："对你，我从来都是真心。"

婳西抬手擦泪："这样的真心，我宁肯不要。"

之衡的眸子里也隐隐含了泪光。

婳西把心意一横："其实你我之间，原本就是误会，我一直当你是小时候的那个人，可后来我才发现，是我疏忽认错了人。既然一切都是误会，便不必抱歉，只是你我，从此重归陌路吧。"

之衡只觉肝肠寸断，哽咽道："遇到你，我总是晚了一步，但我对你，全部都是真心。"

婳西没敢去望他离去的背影，只愣愣盯着那簇新的高丽棉枕头，眼泪一滴滴浸上去，伸手一摸湿冷冷一片，那蚊香的绿烟也一蓬一蓬浮上来，直直地熏到脑子里去。

又过了一段日子，婳西的伤势渐渐好转，除了香兰在旁照顾，张大夫每隔一日也会来查探病情，量体温，量血压，打针，配药，事无巨细。只是之衡再未来看过婳西，婳西暗想，也许他已经离开这里回南都去了。恰逢这日张大夫又来探病，婳西不禁顺口问道："张大夫，我的伤是不是快好了？"

那张大夫年岁已高，须发都已灰白，常穿一件棉布长衫，虽身居南粤，却稍稍带些北方口音。他笑了笑，不急不缓回道："季小姐毕竟年轻，虽恢复得很好，但那伤口实属危险，还需多加时日悉心调理。"

媚西欣然颔首："大夫，这段日子真是多谢了。"

张大夫微微摆首："哪里，季小姐吉人自有天相，何况还有林先生这样的贵人保护。"

媚西一惊："林先生……他……他还留在这里？"

张大夫也略显惊讶，反问道："怎么季小姐没见到？林先生每日都询问我小姐的病况，很是担心。"

媚西听罢只觉百感交集，一时无话，张大夫又絮絮嘱托了几句，媚西都一一听着，却不知记住了多少。张大夫离去后，媚西只觉心乱如麻，正想叫香兰陪着去院子里走走，却听得两声叩门轻响，媚西问道："是香兰吧，进来。"

但开门的却是一位蓝衣公子，手中捧着一束新采的百合，清香宜人，鲜嫩欲滴。那公子戴一副金丝眼镜，镜架的脚端一边嵌了一只小小的黄钻，媚西很是讶异。

辰子枫将百合轻放在媚西床头，微笑道："不知季小姐休养得可好些了？"

媚西忙唤香兰沏茶，敛神回道："好很多了，多谢先生记挂。"

不一会儿香兰便端了两杯新沏的凤凰单枞，用青瓷的盖碗盛了，还配着一碟寒香的柚子。辰子枫在黄藤椅子上坐了下来，吃了两口茶，待香兰拢上房门，才向媚西道："我此番前来，季小姐一定有些疑惑吧，只是，有些事，我想同季小姐当面谈谈。"

婈西抬头望向子枫："先生请直言。"

辰子枫呷了口茶，微笑道："季小姐既如此道来，在下便也不兜圈子，只问小姐可知此番青阳遇险所为何事？"

婈西蹙眉道："先生究竟想说什么？"

辰子枫道："小姐不必紧张，此次青阳只身赴港，遭遇险境，幸得小姐以性命相救。作为青阳挚友，在下前来也是想请季小姐收下子枫一谢。"

婈西低头道："先生言重了。"

子枫放下茶杯："其实季小姐心中芥蒂，子枫也略知一二。若季小姐信得过在下，便请听辰某一言如何？"

婈西黯然不语。

子枫微笑道："世人都说无巧不成书，却也有些道理，季小姐聪慧，有些事不需辰某多言必也知晓。自欧阳先生出任总都督，各方势力虽有压制，却仍虎视眈眈，上次季小姐府上管家来南都时，正值欧阳先生病重，大公子理事。自古每逢政权交替，必起乱事，从不意外。大公子腹背受制，境况艰难，青阳也处处受限，错过了贵府管家，着实遗憾。之后虽接到了季小姐书信，但为了小姐安全，青阳是无论如何都不能回信的，只好托了辰某几经周折联络到了季公子，这才得到季小姐近况。得知季小姐为银钱所困，也是青阳暗中借我的名义汇了款子给季公子，以解季小姐燃眉之急。"

婈西心下大惊："大哥给我的那笔款子，竟是他的主意。"

子枫接着道：“季小姐有所不知，一得知香港陷落，青阳便丢开一切事务孤身前来，不为其他，单单只为小姐安全。然而却陷小姐于险境，还得小姐以性命相救，青阳责己之深，着实难以言状。”

婻西只觉泫然欲泣：“为何他都不同我讲？”

窗外的夕阳浸透窗帘，子枫的金丝镜架角反出一丝微弱的光，他却不理会，转头向婻西看去：“正因青阳在意季小姐，有些话才并未讲明。”

婻西心头一暖，可转念一想，不禁又有泪意迷了双眼：“在意又能如何？”

子枫轻轻递上一方月白丝帕，柔声道：“其实青阳同宋小姐的婚姻，季小姐大可不必介怀。

“世家大族的婚姻，多半不出于真心。此次欧阳家与宋家联姻，多是为着欧阳先生的处境，若是没有宋家鼎力支持，现在都督府理事的，只怕早已换了姓。在辰某看来，与其说这是青阳同宋小姐的婚姻，不如说这只是欧阳家同宋家的一次合作。”

婻西低头道：“可婚姻大事，毕竟是一辈子的事。”

辰子枫稍稍加重了声音：“季小姐读了这许多洋墨水，竟忘记了婚姻也有合法终止的时候。”

子枫继续道：“大公子出事后，青阳代理主事，势单力薄，自然受宋家左右，毕竟为山九仞，非一日之功，可不积跬步，怎至千里。宋家再树大根深，也不过钱阀大族而已，毫无兵权，又怎能走得长远。总有青阳做主的一日，只是，需要季小姐安心等待。”

婻西心内五味杂陈，她想起北平那个雪日，他说话间呼出的热气凝成了白色的雾；他手上戴着她亲手编织的手套，针脚错乱，线头丛生，可他却毫不介意，宝贝一样攥在手心；他眸色深深，望着她含笑："婻西，你可愿等我？"

那时她以为的等待，不过是等他从南都回来，却从没想到，他真正意味的等待，竟是如此长久。

子枫又道："还有一事，季小姐有所不知，这是婚礼时青阳的几张简照，季小姐闲暇时可随意看看。"

他从随身的棕黄牛皮纸封中抽出一张照片，轻轻置于黄藤小几上。那小照上是一黑衣公子薄薄的侧影，他的脸颊迎着光，在照中看不清神情，可他右手所戴，却颇为注目。粗略望去，只见那手套做工粗陋，显然早已作旧，寻常看着，这手套与那公子的装束相映，着实突兀。可在婻西眼里，这手套却像利刃一般，直生生刺进心里。

还记得那个雪天，她微微嗔怒："林哥哥，你真傻，你成日戴着这么破烂的手套，会遭旁人笑话的。"而他却脉脉含笑："那我也甘之如饴。"

见婻西不语，子枫顿了顿道："那日有旁人问起，青阳他虽未作答，但辰某却能猜到一二。季小姐，我同青阳相识已久，他为人秉性如何，辰某自认了解十分，也正因如此，此番才会冒昧前来叨扰。至于青阳对季小姐的心意，辰某只愿季小姐未曾误解。"

婻西沉默了，原本在她心里，他的身不由己和无可奈何，她多少是了解的，可她从无想到的是，他陷在那样的境况里，却仍处处为她着想。原以为，她对他的情谊，不过是因缘际会的巧合，可若只是简单的巧合，她又为何放不下他，即便他已娶了旁人，她却仍旧放不下。媕西艰涩地挤出一丝笑意，她不明白。

他的心意她是完全懂得的，媕西暗里扪心自问，究竟还爱不爱他？即便她逃避着不愿承认，可终究还是爱着的吧，不然为何会那样在意他的安危，甚至胜过自己的生命，可为何不愿与他相认呢？她思来想去，怕是不愿接受错位的现实而已。如若全然接受了他，那这许多年来她的执念也能全然皆作虚妄么？还有另一个他呢……他同她的冰梅子，他同她的小黄鹂，还有……他问她要的那个约定，她怎能全做烟云过眼。错将之衡当作楚义，仿佛她的心脏错了位置，她于楚义所有的愧疚、懊悔、不安，如今全化成了对之衡的无情，可这样便能作罢了么？

子枫的镜片在夕阳下泛着微光，模糊了他的神情："此次我随青阳赴香港时，二公子还未回到南都，但昨日里我接到了一则南都来的消息，我想季小姐会感兴趣，信上说二公子已平安回到南都。他乘的船是美国人的产业，因此并未受到香港陷落制约。二公子的安危，举足轻重，若是有事，南都必有专人前来知会，请季小姐放心。"

媕西不禁对他心叹口服，她一直暗自担忧楚义的安危，却因顾及着之衡与楚义的关系，从未挑明问过，然而现下辰子枫竟早已看破了她的心思，是她表露得太明显，连旁人都一瞧便知？还是只有她自己困在局中，旁观者却可轻易一语道破？媕西虽思绪万千，可不知怎的，却只觉心中有一巨石原本摇摇欲坠，累得她连呼吸都忐忐起来，如今却渐渐平稳下来，似是将将落地了。

媗西站起身，随手开了半扇窗，青莲色的西式窗帘拖着碧色的流苏，下面缀了翡翠的珠子，媗西一碰便清脆地响了起来。顺着窗子望出，是一口砖砌的天井，院子正中生着树，一树细幼的黄红枝干高高印在淡青的天上，像瓷上的冰纹。媗西惊讶，不知何时这里竟多植了一株小树，瞧树干的样子，倒和故乡的梅子树有几分相似。想到吃了许多的冰梅子，却从未见过这样幼弱的梅子树，媗西讶异，伸手将另外那半面窗子也打了开，蓦然自顾自道："竟然是梅子树。"

子枫闻言踱步床边，也仰头去望那树，微笑道："看枝干的颜色，应是刚移种不久。"

媗西道："移种……"

子枫思索道："算算时日，也快开花了。"

媗西将目光从梅子树收回，默默思索半晌，又抬头看向子枫，轻声道："我一直盼着能有一棵梅子树，让我可以等花开，等结果，等落叶，再等到来年春天。"

子枫微笑道："花开，结果，落叶，无一不是收获，而且更有春天可以期待。"

媗西道："这样说来，等待并不是一件坏事？"

子枫也看向媗西："如人饮水，冷暖自知。"

媗西顿了顿："先生此番来意我已晓得了，多谢你。"

子枫含笑点头道："聪慧如季小姐，有些话辰某不提，小姐自己也是明白的。在下只想拜托小姐一事，请小姐不要过分委屈自己的情感，也请直视青阳的情感。小姐大病初愈，还是早些歇息吧。"

子枫话音未落，婳西早已泪眼迷离。

待子枫告辞，夕阳渐渐退去，紧接着淅沥沥地下起了雨。一开始，那雨只是如细针，如牛毛，落地无声，风吹起窗帘，带进一阵清凉的水汽。随着那雨愈下愈急，风也渐渐有了力量，婳西只好关了窗，听着雨点打在窗上发出阵阵噼啪声响，兀自伤神，忽而想起她和他从前的种种。


他从夜色里来，捧着雪酿的梅子，他淡淡地笑，大片大片的雪花簌簌落下，他眸色深深："婳西，你可愿等我？"他离开的那日，汽车在雪地留下了长长的远远的印迹，她怔怔地望着空空的街道，她的手指还留有他的余温，她似乎还能感到他的咻咻的鼻息，他对她道："很快，我会很快回来。"

如此一别，差一刻便是一生了。

思来想去，又哭又笑，她望着窗外的梅子树轻声道："带他来的是你，若送他走也应当是你。若是明日你开了花，那便是说这一切还有机缘；若是明日你枯萎了，那便是说这一切确实错了。即使我也不能懂得，究竟谁是谁非。"

婳西说罢像是释去了重负似的，她轻轻笑了。

不知怎的便睡了起来，朦胧中，婳西只觉一道光亮横在眼前，怎样都挥之不去，睁眼一瞧，竟已是第二日上午。一片金色的日光正从昨夜未拉好的半扇窗帘处洒了进来，婳西开窗一瞧，院中落叶零零，只那株梅子幼树竟冒出了一簇簇似粉似白的花骨朵，一夜的风雨狼藉，也未伤它半分，反倒是它还淡淡开出了粉白的花。

婳西心头一阵喧嚣的欣悦，正巧香兰捧水进来，还未等香兰说话，婳西便笑着问道："香兰，你可知林先生现在何处？"

香兰一听得季小姐要找林先生，也笑了起来："林先生正在会客厅里同我家主人说话，小姐现在过去准能找到。"

待婳西梳洗完毕，换了身干净的轻绸蝉翼纱旗袍，裙边袖口处匝着绛蓝的滚边。一眼看上去确实是俏丽的，但不知怎样总带着些讣告的滋味，要拘谨着才美得起来。可婳西这会子却没工夫会意这些，她蓦地生出许多惘惘的忧虑，又夹着暗暗的喜迫，她要早些见到他，同他将一切都说清楚，她心里倒是稳的，她懂他。

婳西虽径直向会客厅走去，但怎奈她大病初愈，步子走得慢，也实在花了些时候。那侍从官远远便看见了婳西，还未等婳西喘匀气，便对婳西道："季小姐，先生和吴司令都在里面，不知小姐有何事前来？"

婳西一瞬又踌躇了："我来找找林先生，他……他现下是不方便见客吧，我……"

那侍从官似也有些为难，他道："本是吩咐过的，但……要么，请小姐稍候片刻。"

婳西似是未曾料到，她只得稍稍低下头，轻声道："麻烦了。"

侍从官进去了许久，婳西一人在外间等候。灰山羊皮铺开司米毛毯的外国沙发宽大极了，婳西坐在上面，像坐进了深陷的流沙，她恍然间有些恼怒自己，是对他过分了罢。门咔嗒一响，那侍从官走了回来，他带着点看不透的微笑，抬手向里间示意，对媮西道："季小姐，请。"

媮西一踏进里厅便觉极为宽敞，厅堂一面的紫檀架上陈列着各色弯刀，皮鞘上点缀的各色宝石，在晨光中熠熠生辉，另一面的玻璃矮柜中散放着一些雪茄和香烟盒子。正中平铺着一张虎皮地毯，地毯旁的白色西洋沙发一尘不染，沙发上林之衡一身墨绿西装，正同一位公子絮絮说着话。那公子望之较之衡年纪略大，一身戎装，虽只是军便服，可肩上仍缀着金色的流苏，皮质的腰带上套着枪盒。见媮西进来，那公子便熄了指尖的雪茄，站起身来对之衡道："这便是季小姐吧。"

媮西只见那人五官分明，浅赭色的面孔，眉目间有些凌厉，倒是十分地瘦。

那人又笑着看向媮西："吴睿昇，幸会季小姐。"

媮西这才猜得这位公子就是此间宅邸的主人，便行了旧式的请安礼："吴司令，在您府上打扰多日了。"

吴睿昇摆摆手，拇指上的翡翠扳指翠绿欲滴："哪里哪里，季小姐不必客气。"

随即又转头向之衡道："青阳兄，我还有事，就不多言了，咱们南都再会。"

吴睿昇的皮靴踩在地上，发着闷闷的声音，待他的脚步声远去了，屋子里只剩下他同她两人。媮西才抬起头去瞧之衡，因着上次的不欢而散，此番前来，婖西自觉有些仓皇，却不想，林之衡竟也显得有些手足无措。

两人兀自对望，却一时无话，蓦地生出些空空的怅惘。

沉默良久，之衡才开了口，却十分吞吐："你……"

婖西一张口竟也支吾了起来："我……"

看到之衡黯然低了低头，婖西不知哪里涌来一股热血："梅子树开花了！"

之衡蓦然看向婖西，满眼都是惊讶。

婖西深吸了一口气，假使这世上一切全然都是假的，但这一瞬间她心里沉甸甸的喜悦是真的，她望向他，嫣然笑道："林哥哥，今后每年，你都会陪我一同等梅子树开花吗？"

之衡也望向婖西，虽眼中还有惊讶，嘴角边却早已含了笑意，他重重道："一定会！"

第七章

**不是人间富贵花**

吴睿昇坐在车里，听着侍从官在一旁絮絮说着今日的行程要事。车窗外匆匆掠过一片片稻田，不时会有田间劳作的老农抬头去瞧那乡下不甚常见的黑皮汽车，稻田旁稍低的灌木里缀着高高低低的月白花穗，一簇簇一串串攀藤覆蔓，远远望去如白雀飞舞，盛开得好不热闹。遇见这岭南有名的禾雀花，吴睿昇却无丝毫欣喜，只觉心尖冰凉到了极点。

　　吴睿昇的母亲是粤东人，小小年纪便被家中长辈远嫁北地军阀，虽未期望着婚后琴瑟和鸣，却也盼着能同夫君相敬如宾。奈何随着吴家声势渐进，姨太太也一个接一个地娶进门。在年幼的睿昇眼里，父亲待母亲，还不如军中喂养的一条犬。待到母亲重回故里，却已青丝不再，鬓白如霜。

　　吴睿昇想到幼时母亲绣的帕子、缝的袄裤，无一不带着禾雀花的影子，如今斯人已逝，徒留禾雀花开。吴睿昇不禁胸中愤懑不已，那曾横亘在母亲心间的利刃，十年过去，虽已钝了锈了，但毕竟是刀刃，如今又在睿昇心中搅扰起来。他在人间奔波，该做的不该做的都做了，可他仍有个账要与这世界清算。他呐喊他挣扎，他不需要一切善意同情，一切会导致妥协的东西他都不需要，他是着了火的天空，这世界夺走了他所有的晚霞。

睿昇愈想愈是沉沦，一时郁结于心，难以纾解，便潦草解开了领间的束缚，打断了侍从官的报备道："禾雀花开，清明将至，记得提前打点好祭奠的用度，过些日子给老太太送去。"

那侍从官却踌躇了起来："司令放心，祭奠的用度早已备好，只是还有一事……"

吴睿昇不耐烦道："有事便讲，你何时也变得这样磨磨叽叽。"

那侍从官道："前日夜里，四姨太殁了，今早收到六小姐来信，说是想问司令拨一笔款子办丧事。"

吴睿昇顿时怒不可遏，皮靴重重踹了空着的前座一脚，座背上的羊皮座套应声留下了半只灰色的鞋掌印子，他恨恨道："活着要争要抢，死了还来要钱！"

侍从官敛头不语，司机也吓了一跳，怯懦地从后视镜中瞄了一眼，只见吴睿昇从口袋摸出一只雪茄银盒，随意拈出一只。那侍从官见状忙掏出火机燃火。吴睿昇蹙着眉头，将雪茄尾部在火上炙烤了一会儿，还未旋转，那雪茄末端便已烧得焦黑发亮。吴睿昇缓缓吐出一口烟雾，神色才舒缓不少："给六小姐回封信，就说军中财政吃紧，要用钱办丧事，便请六小姐戒了鸦片吧。"

侍从官忙点头应是，又试探地向吴睿昇道："司令，那季小姐的来历我已查探清楚，不知您还有何吩咐？"吴睿昇沉默地吸着雪茄，接过侍从官递来的一封牛皮纸袋，袋中装着几页信纸，还有一张三寸大的黑白小照。照中人穿着女学生常见的半高领中式小褂配西式百褶裙，一双眸子清丽如水，温婉含笑。吴睿昇看着照中的季婳西，竟愣愣出了神。他想到林之衡看季婳西的眼神，那眼神他隐隐只觉似曾相识，可怎样也记不得究竟在哪里见过，一阵左思右想才终于记起。那眼神他确实曾见过的，在从前的他自己眼中。

十六岁的吴睿昇还远未达到读军校的年纪，可他发疯样地用功，盼着被破格录入，只因住读在学校便可逃脱掉那可怖的家庭。当时父亲的势力在北地自成一派，簇拥者众。可父亲的野心不止于此，为了得到南方望族的支持，父亲娶了时年十五岁的母亲做正房太太。伺候睿昇的老嬷嬷们都说母亲命里旺夫，自母亲嫁入，父亲便一路青云直上，如日中天，可母亲的日子却愈发不好过。母亲过门时父亲已有两房侧室，之后又陆续娶了五房姨太太，他看着母亲一日日地蹉跎，暗暗恨透了父亲。

虽为正房嫡子，可吴睿昇并不是父亲最看重的儿子。待到父亲最宠爱的四姨太也生了儿子，这境况便更加艰难了起来，就连幼小的六妹妹也会在饭桌上学舌："爹爹不喜欢大哥，只喜欢我弟弟，因为爹爹最喜欢我娘亲。"夹在父亲的七房姨太太和她们的众多儿女间，睿昇常常觉得喘不过气。

吴家所在的北地临近晚清条约里划给东洋的通商口岸，便时常有东洋商人与之往来。一日吴睿昇陪同父亲赴宴，宴会中有一东洋商人也携了家眷出席，听闻吴家声势，那东洋商人见到吴家一行便急来上前招呼。那东洋商人名曰池田辉，膝下两女也都带了来。

睿昇本对这次的宴会十分反感，听着父亲谈笑风生，吴睿昇更觉无趣。正百无聊赖间，那池田先生转身向父亲介绍他的两位女儿，个高的是池田家的长女百惠，细长的丹凤眼啫啫垂着，看似有些无神。睿昇看着她木讷地行了东洋式的见面礼。稍矮些的是次女池田千雪，生的一副鹅蛋脸，眼睛扁圆的，较其长姐还机灵些，不知怎的，她低头的瞬间竟向睿昇一笑，像诗一样美好，那是种水莲花般不胜凉风的娇羞。从小在众多兄弟姐妹的凉薄中长大的睿昇，第一次看到如此的微笑，如此少女式的纯粹的微笑，一时间吴睿昇竟有些措手不及。

就是这样简单的相逢。

池田一家在北地常住了下来，千雪进了当地的教会学堂，闲暇时睿昇自告奋勇为她补习中文。日子一天天过去，千雪的中文一日日好起来，同睿昇也变得愈发相熟。千雪最初照着东洋的习惯称睿昇为"ごくん（吴君）"，但睿昇自觉"吴"字用东洋语发音实在难听，千雪便改称睿昇为"えいくん（睿君）"。

一次睿昇约千雪同去郊外赏花，但一路上两人只顾说话，远比赏花更要紧。归途时在街边铺子里吃芸豆卷和莲子糕，千雪之前从

未吃过中国的点心，每尝一口都大为惊喜。睿昇拿手指蘸了茶水在桌上写"千雪"，千雪见了也蘸茶水写自己的平假名"ちゆき"，她又教他"你好"是"こんにちは"，"我"是"わたし"，"喜欢"是"すき"。

睿昇学过东洋语，东洋人来了多久，他就学了多久。但此时他偏着头看着桌上海米般的茶水字，看着千雪开心地认真写字的模样，他根本不忍打断。吃过点心，睿昇又特意打包了两份给千雪带回去。两人踽踽慢行，长长的小街上，即将落下的日头很暖，千雪走得微微出汗，她穿的鹅黄水绿衫裙散发着日晒和花的气息，睿昇只觉移不开自己的目光。

随后来了春天，古时六朝人诗曰："春从何处来，拂水复惊梅。"古人虽定下立春是春天到来的日子，可也疑惑着，草还是黄的，却不知何时竟有了青意，水色也难辨春时，可水面风起，惊起落梅，却分明是春天了。这仿佛是《红楼梦》里宝玉问黛玉道："是几时孟光接了梁鸿案？"也仿佛是睿昇与千雪之间的事，究竟是几时起的爱慕？如此难辨，又如此分明。

这一年冬天初雪来得极早，千雪起了兴致跳舞，特地穿起和服给睿昇看。睿昇最爱看千雪穿和服，千雪平时爱穿西式衫裙，有事则穿和服，东洋的和服美在外面，秀在里面，一穿一脱都别具风韵，更婉妙的是那图案的调和。东洋花布，往往一件就是一整幅图画，搭嵌着复杂又艳秘的色彩，十分引人注目。

睿昇曾陪千雪去过新开的布料店子，千雪喜欢一种丝质的东洋料子，大多是淡藕荷色和淡湖水色，走动起来闪着水光似的波纹。而睿昇更喜欢瑰丽些的图案，他替千雪挑的往往是些叫不出名来的混合色，有一匹料子看起来是奶绿的，上面飘着浮萍和断梗的紫白的丁香，还有一匹暗色绸，偏梅红的，上面绣着巴掌大的粉红樱花。

这日千雪穿的和服是她最心爱的一件，衬里是潋滟的桃红，外面一件却是银绣暗花织褕祥，广袖大带，一层一层纷繁叠覆。年轻的千雪赤着足踏在薄薄的雪地中央，朱颜含笑，起舞翩跹，宛如振翅之蝶。睿昇只觉满心都是喜悦，千雪舞得生涩，但在睿昇看来，生涩亦是好的，因着她的舞里藏着她的人，一曲舞毕，睿昇连连赞叹："美哉美哉，胜似雪中仙子。"

千雪却不言语，眼睛里都是笑，微微低头，像新娘垂旒的娇美。

睿昇望着千雪怔怔然道："非关癖爱轻模样，冷处偏佳，别有根芽，不是人间富贵花。"

千雪抬了头，一脸不解，睁大了眼睛道："どういう意味ですか？"（这句话什么意思呢？）

睿昇反倒笑了，拉过她的双手握在掌心："不是偏爱你轻灵的模样，而是爱你纯美晶莹，高洁无依，不似人间富贵花。"

千雪似懂非懂，可看到睿昇笑着，她也不禁笑了。

睿昇还记得，那次随父亲南下办事，因事情办得顺利，定下提前返程。他急急写信给千雪，却临动身前都未接到回信。睿昇以为是信去得迟了，却没想到，火车刚刚进站，就看到月台上的千雪。她穿着件家常的桃粉和服，下摆绣着淡白的花瓣，清晨的冷雾还未散去，她披着的梅红围巾，仿佛霞帔。因信写得匆忙，睿昇并未写明火车到站的时候，千雪担心错过睿昇，早早便在月台等着，待到睿昇看到她时，她已在那里等了两个钟头。清晨酿雪的阴天，雾蒙蒙的，睿昇见着驿前接他的千雪，两人也不多话，彼此只觉得亲近。

千雪道："御帰りおかえり。"（欢迎回来）

睿昇答："见到你，我哪里都不想去了。"

千雪笑道："又是傻话，难道你可以永不离开我吗？"

睿昇笑答："等你嫁给我，我当然可以永不离开你了，要是你想家了，我便陪你回东洋去。"

千雪低头，悄声道："睿君，你是世上最好的。"

那一刻，睿昇心里是打定主意的，他暗下决心要娶千雪，他和父亲可不一样，他要给千雪世间女子向往的所有幸福。

然而未等睿昇提亲，千雪便病了起来，病得很厉害，请了大夫来看，说是猩红热，治不好了。睿昇前去探望，迎出来的是千雪的母亲，那是个典型的东洋妇人，穿着镶边暗花和服，面貌安详娴静，只是眼眶微红，似是刚刚哭过。她同睿昇说话时略微躬着身，她的中文并不好，支支吾吾说不出来，但好在睿昇是了解的，千雪母亲传达的只有一个意思，千雪不愿见他，她不愿他见到她最后的模样。不过几日，千雪逝世，池田先生中年丧女，犯了旧病，携了妻女回去东洋，同睿昇再未谋面。

之后几年，消沉中成长起来的睿昇从军校毕了业，协助父亲处理军中事务。父亲的身体每况愈下，不久便溘然长逝。睿昇狠下心肠，一番恶斗下来，结束了几条挡路的性命，踩着鲜血抢得了父亲的军权。在现在的吴睿昇看来，从前的自己柔情得可怕，他要把他埋葬起来。

　　不多久车子便开到了省城，吴睿昇只觉疲惫，大步跨进书房，却见桌上斜摊着一本英文小册子，册中印着紫罗兰色的花体标题 *CAT*（猫）。吴睿昇这才想起，这是几日前同新当红的电影明星秦慕吃饭时，秦小姐推荐给他的读物。西方人惯称女人为猫，而这本册子正是专门评论女人的，册中与女人有关的隽语散见各处，任是哪一位看过想必都有几句话要说，因此近来这册子正红得发热。吴睿昇信手翻了几页，便看到册中一句："一个男子真正动了感情的时候，他的爱较女子的伟大得多。"

　　吴睿昇自认，对千雪，他是付了满心的情感。千雪逝后，他也曾认为，终其一生都不会再对其他女子产生类似的情怀。最初遇见嘉臻时，他虽也有过无奈的挣扎，然而，还是没能将所有对嘉臻的情感归结为简单的怜惜。之后又有了丹朱，娶了丹朱没多久，他便对丹朱的飒爽明丽又生了兴趣。虽是应母亲喜好定下的媒妁之约，但他同千雪未能了却的种种遗憾，在同丹朱的婚姻里得到了安慰，对丹朱，便也有了真的情感。

　　吴睿昇暗想，这便是爱之于男子的伟大之处，在他看来，世间男子的真情，同女子不甚相似，男子的真情虽也可以一生一世，却豁达开阔得多。

吴睿昇思索间，侍从官匆匆步入厅堂，吴睿昇应声抬头道："什么事？"

侍从官回道："林先生已派人置备行李，定下三日后启程赴南都。"

吴睿昇蹙起眉头，鼻息微重，左手轻轻捻弄着翡翠扳指。

沉默间，那侍从官又道："司令，如今他就在我们府上，何不就此借机控制住他，若此番错过，恐时机不再。"

吴睿昇眉头深锁，低声道："现下还不好同他撕破脸，我们还有多方受他牵制。再说了，他若是在我们府上出事，消息走露出去，岂不是招来更多麻烦。"

说罢他举起那册子又看了几许，他暗自想着，自古繁礼君子，不厌忠信，战阵之间，不厌诈伪。他虽为一介武夫，但对林之衡那样的权谋相士，也并非完全束手无策，毕竟血肉之躯，并非完人。顷刻间他扯出了个释然的笑容："时机，会有更好的。"

看到侍从官一脸不明所以，吴睿昇又笑道："去请何小姐来一趟。"

侍从官也未再多问，应声称是后便匆匆离去。

吴睿昇点起一支雪茄，随手打开桌边小屉，那屉中躺着一枚小照，照中女子一袭蓝布学生裙，长发梳起，一双眸子娇美秀丽，倒是同嫣西有几分相似。吴睿昇吐出一口烟雾，将那小照翻过置于桌面，只见那照片背面一行清丽小楷："缘何嘉期，朝暮臻臻。"

第八章

盼有灵犀知心意

这日傍晚又淋漓下起了雨，一盏茶的工夫前，林之衡身边的侍从官为婳西送来一只朱漆烫金皮箱。开箱一瞧，箱中竟是她落在西山小筑的一些物件，婳西随手翻着，心里兀自思量。她尝试寄了信去南都，怕是楚义得不着她的消息再返头回到香港去。她又试着向辰子枫打探楚义的消息，可这段日子诸事皆忙，她也难得见子枫一面。婳西蓦然叹息，不知楚义现下究竟如何，不知香港时局可有好些，也不知学校何时才能复课，心绪烦躁间，想到过两日便要随之衡去南都，这一走，要再回香港又不定何年何月了。

　　婳西又陡然想起被流弹轰击的校舍，那些从北平随身带过来的物品想必早已粉身碎骨。别的倒不要紧，婳西只想起祖父那件大氅，那是祖父留给她唯一的东西。境况最艰难的时候，婳西也未曾舍得将它押掉，却不料竟这样被战火夺了过去。想到此处，婳西隐隐便要落泪，一转首，却倏忽看见那只碎花串珠小包，她不禁打开里侧夹层，没想到竟真的摸出了那张泛黄的剪报，望着那报上的黑衣公子轻挽着他身旁的新娘，百合娇媚，人亦成双，婾西蓦地起了心酸。

怔忪间，竟未发觉有人走了进来，婾西突然听得之衡柔声问道："在看什么，这样出神？"

婾西正要将那枚剪报藏进箱内，可之衡早已瞧见，他轻轻从婾西手中拿过剪报，又将一只长方的织锦盒子放于桌上，低声道："我为你买了几件替换的衣衫，这小地方无甚讲究，你暂且穿穿，过两日路上也用得着。"

婾西一阵踌躇，不知如何是好："林哥哥……"

之衡蹙了眉头，一把将那报纸揉了一团，攥于拳内，沉声道："有些事我对不起你，婾西，你可会怨我？"

婾西一时情急，捏住之衡衣角，说道："从前我不懂你的苦衷，一直错怪着你，可现在，我都了解了，又怎会怨你。"

之衡望住婾西，心绪百转千回："婾西……"

婾西也望向之衡："今后你不必再一个人受委屈了，好歹有我同你一起。"

之衡不语，抬手将婾西散落鬓间的碎发掖回耳后，手指在婾西颊畔流连。

两人都隐有泪光，默然相望，一时无语。

婾西努力压下心间感伤，蓦地想起香兰午间送来的梨子。她转头一瞧，果然窗前的五斗橱上搁着一只水青竹篮，里头盛了几只雪花梨，婑西握住之衡的手，唇畔有淡淡的笑："你想不想吃梨子，我削给你吃好不好？"

之衡答道："好。"

婑西削着梨，之衡便坐在对面望着她，忽然他道："婑西。"

婑西微笑着答："嗯？"

之衡又道："婑西。"

他眼底有暗暗的柔情，仿佛有什么话说不出口。

婑西反倒把头低了低，专心削着梨，笑着答："嗯？"

之衡再道："婑西。"

婑西一下子笑了起来："你怎么了？"

之衡伸出双手去握婑西的手："没什么，就是想叫叫你，看着你明明就在我身边，我却觉得像梦一般。"

婑西不由得心头一阵感慨，反手握紧了之衡的手："林哥哥，我真的就在你身边。"

之衡低头道："其实我在背地里常常这样叫你，不过你听不见就是了。"

婑西把一片削好了的梨子递予之衡，柔声道："你尝一块，看好不好吃。"

之衡尝过，对婑西道："好吃。"他又在梨子另一面切下一片给婑西："你也尝尝。"

婑西却扭头道："我不吃。"

之衡不解："真的很甜，就尝一口。"

婾西反倒笑了："我不吃，你吃吧。"

之衡笑道："干什么这样坚决？"

婾西微笑着，面颊泛了淡淡薄红，柔声道："因为……不可以分——梨。"

之衡默默微笑着，他看着她。

婾西用指尖拨着桌上蜿蜒的梨皮，也默默不语。

之衡起身绕过桌子，他轻揽婾西入怀，柔声郑重道："生与死与别离，不管是否真的难以改变，我仍偏要说，我要这一生一世都同你一起，哪怕我终究做不了主，我还是要拼尽全力。婾西，你信我吗？"

婾西侧靠在之衡肩头，她轻声道："我相信。"

三日匆匆即过，之衡又添置了些婾西伤后必需的药物，便到了时候要启程去南都了。香港沦陷，邻近的海路也受了限制，之衡托子枫办妥了铁路车票，决意携婾西乘火车北上。之衡身份特殊，子枫着意安排了一队近侍便衣保护于之衡左右，以备路上不测。翌日午间，火车发出一声悠长的笛声，在隆隆的轰鸣声中缓缓驶入粤东小镇，淡白的蒸汽弥散开来，令婾西霎时有些恍惚。自从和之衡重逢，一切的一切都真实得仿佛不真实，婾西有着难以名状的慨然，曾经柔肠百转的爱而不得，曾经怅然若失的缘浅情深，如今却牢牢握在她的掌心之中，于她只有不至一步的距离。她常常忐忑，为这所有事情的过于顺遂而感到不安，然而在不安之外，巨大的幸福却更使她迷失。

之衡看到媮西嘴角默默的笑意，不禁悄声问道："在想什么？"

媮西看向之衡："只要你在，我便开心。"

之衡握住媮西的手，无奈地摇头却满眼都是笑意，他低声道："瞧你，又在说傻话了。"

媮西也淡淡笑了，她挽住之衡臂弯向站台走去。因着媮西伤后虚弱，仍须静养，之衡便单独包下一间车厢，以求方便照顾媮西。火车经行了两日，于第三日清晨抵达南都。作为政府新都，南都的军事巡防历来严密，媮西从车窗看去，只见站台上的巡兵卫队密密麻麻。不知是不是子枫的安排，巡防岗哨星罗棋布，那些卫兵看来都军容整肃。想是刚刚下过雨，站台的地面泛着湿答答的水汽，外面显然是有些阴凉。媮西轻轻在窗上哈气，又在哈气凝结的雾面上用手指画出浅浅的笑脸，被之衡看到又笑她孩子气。

火车渐渐停稳，之衡却并未急着起身，待到列车其他乘客无一例外全部下车之后，他才起身整理车厢上的随身用物。便衣的近侍们先行下车，确认一切无碍后，子枫便随之衡媮西一同走下车厢。这时，子枫安排的接驳车子早已到位多时，念及媮西车旅疲惫，兼之稍许头晕脑热，之衡同子枫低声嘱咐了几句，便携了媮西先坐上车子离去。

同香港的温热截然相反，南都的气温早已转凉，黑色的纳什汽车里，座位上已铺了厚厚的开司米毛毯。司机不经意地从后视镜中望了几眼，只见媮西闭目依偎在之衡肩头小憩，之衡左臂轻轻环抱媮西，右手被媮西紧握着，他的羊绒大衣斜斜覆在她的肩头。两人就这样相偎相依，即使无话，亦是很好。

车子走了些许时候，道路渐渐窄了起来，坡度也微微高了，似乎是在上山，不多久便转入了一处院落。院门设有岗哨，一见了之衡的车，立即立正上枪行礼，铁质镂花的双扇大门徐徐开了，车子缓缓驶入。婳西这才稍稍醒转，抬眼望去，道路蜿蜒，曲径通幽，四旁都是些墨绿的乔木，在南都冬日微凉的日光下，枝丫间隐约的淡红花瓣映着树木的斑驳脉络，令婳西蓦地起了兴致："林哥哥，我看那淡红小花很是眼熟，这是片梅子林吧？"

之衡蓦然起了笑意，眼角眉梢尽是温柔："等再过几月，我便能亲手摘梅子冰给你尝。"

未等婳西回答，车子便停在了门前，旧式的西洋宅邸，门前早已候了几位佣人，待之衡扶婳西下车，一位梳着发髻、较长年纪的女佣便走上前来："少爷可算回来了。"

之衡微笑道："姆妈，辛苦你了，你最近可好？"

姆妈道："难为少爷记挂，我哪有什么不好呢。这里都已按少爷的吩咐布置好了，请少爷快进屋歇息吧。"

说罢那姆妈一边微笑着打量婳西，一边连连点头："这位小姐便是少爷口中的季家小姐吧。"

之衡一面点头笑道："姆妈好眼力，这便是婳西了。"一面又对婳西低声道，"这位是常姆妈，从小照看我的，我特意安排她过来照顾你，这样我也更放心些。"

婳西也微笑道："常姆妈。"

常姆妈一副长圆脸盘，笑起来更显慈眉善目："嗳，嗳，原来是这样水灵的小姐，难怪是少爷心尖上的人。"

婠西听得红了脸颊，之衡握过婠西的手笑道："姆妈，瞧您说的，她脸皮薄，听不得这些。"

常姆妈也笑了："嗳，瞧我这嘴，人老了，说话总不过头脑，少爷快请季小姐进来吧，我这就去备茶。"

之衡笑着点点头，姆妈这才转身进屋子去。

婠西却未着急歇息，抬头望着庭院里郁郁葱葱的梅子树，似是有话却不知从何开口。

之衡看出婠西疑惑，轻声道："还记得那年冬天，在北平，我离开后，分外想你。于是我每想你时，便来这里移种一株梅树，想着将来接你住进这里的样子，我便也开心起来。没想到竟真的做到了，看着你站在这里，我真的太开心了。"

婠西心中感慨十分，一时心绪百转，不知如何作答，倒是之衡微笑道："外面有些凉了，进屋来瞧瞧可好？"

婠西便随之衡进了屋门。这是一间四方的客室，客室不大，照着日常样式摆了套桃花心木桌椅，桌角的雾红花瓶里斜斜插了几枝带着露水的梅子花，翡翠绿的窗帘布被银钩挽着，阳光缕缕进了来，在空气里也能闻到淡然的清香。婠西又从左边的楼梯踏上来，这品字式的上下楼，上面一层单独留出了一间给之衡自住，剩下的两间打通后改成了个两进大屋，靠里侧的做了婠西的卧房。婠西看着卧室里的种种，那桌角的锡蜡台，榻床上的彩绸垫子，北平样的红蓝小地毯，宫灯式的字纸篓，秀气的红木雕花小书柜里还装着簇新的《广陵潮》同《红楼梦》，只觉一切似是倒流了一般。望着与季府西苑近乎相同的布置，一时间，婾西百感交集，只挽着之衡的手却说不出话。

之衡望着婾西，轻声道："我记得你曾在信上说，老太爷去后，你便失掉了家。那时我没能赶去，令你受了委屈，我一直耿耿于怀，现在终于能为你做些事了。你想念西苑，这里便是西苑。你爱吃冰梅子，这里有满园梅树；你失掉了家，我愿给你一个家。婾西，我只怕迟了。"

婾西将头靠向之衡肩膀："林哥哥，谢谢你。"

之衡轻抚婾西发鬓，轻声道："我想把最好的，都给你。"

壁橱上的自鸣钟叮当了几声，楼梯间便轻轻响起了嗒嗒的脚步声，那脚步声轻轻巧巧的，像是个裹了脚的妇人，之衡对婾西笑道："我听得出这声音，是姆妈来叫咱们吃饭了。"

之衡话音刚落，就有敲门声响起，常妈在门外道："少爷，饭备好了，是现在开还是歇一会子再开？"

之衡一边笑答："这就开吧，我们这就下去了。"一边对婾西耳语，"你瞧，我说的一点不错吧。"

婾西想到从前张妈的脚步声，不觉也暗自笑着点头。

客室左侧是个长方的饭厅，照着西洋的习惯，方桌上也铺了珍珠白的桌布，四周垂着细细的流苏，使得婾西不由得想起了从前常用的白缎子小荷包，夏日里，装上满满的丁香花末，带在身旁便有阵阵芬芳。餐桌上已摆好了碗筷，之衡入座后只觉口渴，常妈便赶忙斟好了茶递送过来。之衡喝茶前总爱卷卷袖口，本是个极寻常的动作，可如今媮西看来，却不禁怔怔了下，隐隐望去，竟有些熟悉的刺目。想来是的，原是楚义也有相似的习惯，到底一门兄弟，眉目里带了三分，举止上却藏了四分。

媮西倏忽又一个想法攀上来，她还记挂他，她还想着他，她重视他的每一个繁枝细节，她担忧他的安危，她挂念他的伤势，不知从什么时候开始，他竟成了她眼底的影子。这是她本能的记忆，还是情不自禁的，忘不了？这念头令媮西不禁打了个寒战，她好想问明白自己，只是，她又能说得清吗？她自己都无法自觉。

媮西不由得问之衡道："林哥哥，你可有欧阳楚义的消息？"

之衡眉梢微挑："怎么突然问起他来？"

媮西自知唐突了，可既话已出口，索性说个明白也好："林哥哥，你也晓得，要是没有他护我避在西湾，你也不会找到我，是不是？"

之衡端起瓷杯，轻呷了小口："他……同你很好吗？"

媮西却握住之衡的手，认真道："是的，我同他很好。而如今，我们不只很好，我对他更是感激，感激他曾助我于水火，也因着他的相助，才换来你我的重逢。林哥哥，你懂我的，对不对？"

之衡轻轻抿了抿嘴角："我已接到报信，南山早已平安回了南都。但前几日他随楚夫人北上了，咱们回来得稍晚，我也还未见到他，不过他的安危，是不用劳心的了。"

媮西听罢，只觉那心中摇曳已久的巨石终于落地，连呼吸都安稳起来。

婳西本还想再追问几句，但看之衡好似不愿再谈，剩下的话便也暂且先咽了回去。

下人们已开始陆续上菜了，伺候在旁的女佣正捧了茶来递予婳西。那女佣脸黄黄的，梳了个服服帖帖的尾髻，一身衣服虽是整洁却很乡气，她一口苏北官话，怯怯道："二太太，请喝茶。"

婳西还未反应过来，只听一声脆响，之衡手里的瓷杯早已在地上碎裂开来，之衡的脸色阴沉着："这样简单的小事都伺候不来，便不必来了。姆妈，烦请你带她出去，给了这个月薪水。"

那女佣手足失措，一脸惊慌，口舌也笨拙起来："少爷，我不是……"

她话还未说完，常姆妈正端了火腿粥进来，一看事情样子，便急急扯着她出了饭厅。

婳西从未见过之衡这番言辞，颇有不解道："林哥哥，你何必这样呢，她只是不了解，将我当作了……当作了……"

话至此处，婳西自己也哽住了，是啊，当作了什么呢，无非是小公馆里的姨太太么。

常妈这时走了回来，赔着笑脸道："那阿雁是前天刚从乡下来的，本不该她来伺候，我这一时注意不到就让她惹了乱子，少爷消消气，我已打发她了。"

之衡不语。

常妈又道："少爷不值得跟那乡下婆子置气，今天是常妈的不是，赶明儿给少爷包鸡仔饼吃可好？季小姐您说是不是？"

婳西也忙道："本也不是什么大事，林哥哥，别这样……"

之衡叹下气来，望住婳西，神色却略带歉疚："是我的不是，刚来就让你受了委屈。"

婳西急道："没有的事，你不要多想。"说罢便夹了菜予之衡道，"快吃吧，你一路照顾我，自己累了这么久，一定要多吃点。"

婳西又吃了一勺火腿粥，不禁大赞："常妈，这粥真是不错，又香又糯。"又顺带眼风一扫之衡，微笑道，"谁不尝尝可是亏大了。"

常妈也连忙道："小姐喜欢就好，要是喜欢吃粥，下次再多换几个花样煮给小姐尝鲜。"

婳西言笑晏晏，顺而盛了小碗递予之衡："常妈真是费心了，林哥哥，你也尝尝。"

之衡闻言微微笑了，配着婳西夹来的菜，大大吃了几口。

用过了饭，之衡便有事须要外出。婳西自己歇在房中，躺在温软的床被间，连日的疲乏才蓦地潮水样涌了过来，沉沉睡了些许时候，醒转来时只觉口渴，刚走到外间想斟杯水喝，却不料听到走廊间呐喏传来几声谈话。听声音像是常妈在教训几个下人。

"少爷不是说过，这里只摆梅了花，你怎么又插了百合来？"

"我……我上街买菜时看到这百合开得极好，便带了两枝回来，对不住常妈，我下次绝不会了！"

"谅你今天头一回，日后可要当心点伺候。"

"我晓得了，谢谢常妈。"

"利索点把这花儿换了，要是换少爷不小心看到，我也保不了你了。"

"嗳，嗳，我晓得了……"

常妈说罢便下楼去了。

待听得常妈的脚步走远了，几个伺候的下人又嚼了起来。

一个窃窃的声音道："哎，这位季小姐怎么架子比长煦路那位少奶奶都来得足。你看刚才伺候茶水的阿雁，只不过喊了声二太太，少爷就当场变了脸，下午就让阿雁卷铺盖走路了。要是哪天让咱们少爷听见了谁喊她劳什子姨奶奶，可能小命都保不住了吧。"

另一个声音附和道："是的呀，说起少爷对这位小姐可当真没话说。捧在手里怕摔了，含在口里怕化了，宝贝得跟眼珠子似的，连礼法也不要了，直把她当正房太太，也不替长煦路那位想想，唉。"

"这话你也敢说，没听见常妈刚才教训么，小心被人听了去，你还要不要这个饭碗，你家里的弟弟妹妹还指不指望你吃饭？"

又一个声音弱弱道："就是就是，你还是少说两句吧。"

那声音又道："你乱多什么嘴，要我说，你就是老实，别说这正主都歇下了，就算还没歇下，隔着这么一间外厢房，哪里就叫人听去了。我只是奇怪，要说西苑这位也没看出有什么厉害手腕儿，怎么就能把少爷笼络得这么贴实？"

"人家的手腕儿还能让你晓得，她没两下子，能让少爷把她当心尖儿似的供着？"

"可我觉得这位季小姐看起来倒没那么多心眼子。你看她说话和和气气的，一副女学生模样，哪有那么多花花肠子？你们快别嚼舌根子了，赶紧散了，干活去。"

那几人这才作罢，自顾自去了。

可婳西仍怔怔立了半晌，只觉心间似灌铅一般。之前她只顾沉浸在同之衡的重逢之中，却不知何时模糊了这个事实，不管婳西愿不愿得，他的身边都早已多了另一个人。婳西默默走下楼梯，客室的空气里有着微微的日光和纤尘，将落的太阳有着泛红的光晕，洒在圆桌的一角，将桌上纷乱摊开的碗碟粉面都隐隐染了橘色。而坐在桌后的之衡，正双手细致地包着水饺，在婳西看来，他的侧脸有着极流利的线条，尤其是那挺直的高高的鼻梁，因专注在事情上而淡淡生出些汗意，那认真的表情竟有些孩子气。

婳西不禁轻轻笑出了声，之衡闻声抬头，见是婳西，便温润笑道："原来是闻到香味的馋猫来了。"

婳西慢慢走至之衡身旁："你几时回来的？"

之衡道："事情完了便赶了回来，看你还在睡着，我就没扰你。"

婳西在之衡身侧坐下："我都不晓得，你会包水饺。"

之衡道："晓得你爱吃水饺，我怎样都要会的。"

看着桌上一排排整齐列着的水饺，婳西不禁想起从前祖父包的水饺。每年将至入秋，祖父总爱在小花房里给婳西包饺子吃。圆白的面团在祖父手中被切成小小面块，面块又被揉作薄片，每一只薄片中心放上馅料，然后对折，拇指和食指交替，细细从头至尾掐出波纹样的花边。每一只包好的饺子都整整齐齐列在案板上，像许许多多干净剔透的白色小月牙，连竹质的盖帘都有了夜幕的味道。

那时因着花房里不可起明火，祖父便把包好的饺子端到院子里，支起小炉子，拿小铜锅煮了。祖父说，煮饺子离不开人，定要有人用长柄匙来回搅动着，只怕饺子皮不留神挨到锅底被粘住。那时的夕阳下，有铜锅里沸水跳起的咕嘟声，有饺皮内隐约的菜色青翠，有阵阵清香迎风扑鼻，还有坐在旧竹板凳上的祖父，和他微微前倾的身影。媮西端着张朱红牛皮小三角凳，坐在太阳晒不到的地方，快乐地等待着，抬起头来就能望到浅蓝色的北国的天。

待包了一帘水饺后，之衡便自去烧水，洋油炉子燃起火来，小小的蓝紫色的火苗发出噼啪的声响，不多久便听见了沸水熟悉的咕嘟声。媮西望着之衡略微前倾的身影，望着他稍稍挽起的袖口，热水的蒸气使他额上冒了浅浅的汗，媮西拿了手帕轻轻替他揩去，之衡回身朝媮西一笑。夕阳的霞光散乱，像流动的金粉覆在之衡的白衫上，窗外一阵风过，枝叶琳琅，漫山遍野都是春天。

此情此景，媮西竟隐隐有些释然，想到自己所求所想，也不过如此这般，想来又有何叹可嗟？

之后又过了几日，之衡愈发忙碌起来，他虽每日都会过来梅林西苑，可要么来时夜色已深，媮西早已睡下，要么走得太早，媮西还未醒来，好容易遇到一起，却还未说上几句，便又来事情要催着之衡走了。这日，为了等之衡回来，媮西熬了大半夜未睡，窝在外间沙发里，倦倦翻着书页，突然听得窗外有汽车声响，媮西草草披了外衣，连忙跑下楼来，一个转弯，却和正要上楼的人撞了满怀，之衡一脸诧异："这么晚了怎么还没歇息？"

婳西见是之衡，心中瞬间欣喜了起来："几天没见着你，听到你回来，便想来迎迎你。"

之衡笑了："这几日确实忙了，不过明天好了，我有闲暇，能陪着你一整天。"

婳西顿时惊喜起来，连倦意都尽数退去："说话可要算话。"

之衡点头："一定。"

婳西又道："我这样一高兴，今晚怕是睡不着了。"

之衡听罢思索了下："既然毫无睡意，不如我带你去看夜场电影可好。"

婳西连连点头："这可太好不过，林哥哥，我们现在便去吗？"

之衡笑道："这样可不行，外面霜寒露重，我陪你上楼拿件大衣吧。"

婳西盈盈笑了，随之衡转身上楼。

更深夜静，街上寥见行人，车子暗谧地跑在路上，像是潜行的兽，街边寥寥的灯光反映在之衡的眸子里，隐隐印出婳西的侧影。婳西转头，倏忽碰上之衡的目光，她低下头淡淡笑："在看什么？"

之衡索性将婳西的手握在自己掌中："只是很想看着你。"

婳西佯怒："那之前几日怎么连人也不露一面？"

之衡轻笑道："这便是胡说了，我明明每日都有见你，又怎是一面不露。"

婳西哼了一声："也不知是谁在胡说，我明明已有两日未见到你，你又怎能每日都见我。"

之衡却笑起来："不知是哪只小懒猫，睡起来连我去瞧她都不晓得。"

婾西怔然瞪圆了眼睛，惊讶道："你每日都有过来？"

之衡点头："我每日都去看你。"

婾西心头起了小小的喜悦，转而又生了小小的黯然："原是我错怪了你，我怎么像是总要错怪你似的。"

之衡轻轻抚了抚婾西发鬟："又说傻话了。"

婾西低声道："林哥哥，虽只两天未见你，我却总觉像过了许久，你说我是不是愈发糊涂了。"

之衡也低声道："我虽每日都能见你，却也总觉，每次见你都同上次隔了许久。"

车子开出不久，婾西便远远望见暖暖一地的乳黄光晕。这家戏院是幢三层高的小楼，迎面高高竖着上映电影的五彩广告牌，旋转门口一边簇拥着两盆棕榈盆栽，一进门地下也是淡乳黄色的，整个地方像一个黄色玻璃杯放大了千万倍，特别有那样一种异样的幻丽洁净。

夜场的电影循环演着，穿堂里空荡荡的，售票处亮着小灯，卖票的中年男人歪扭在椅背上，倦倦打着瞌睡。之衡连问几声才把那人叫醒，拿了票子进去影厅。之衡带着婾西拣了座位坐下，红色的靠背圆座子，一坐下去软绵绵的，似是坐在棉花团上。夜场的人不多，偌大一个放映厅，只稀稀落落坐了两三人，偶尔能听到几声唏唏嘘嘘，那是旁人悄声的低语。

紫红的绒幕一剖两半，徐徐向两边拉开，光线渐渐暗淡，生离死别的外国电影，在银幕上轰轰烈烈地演着。看到主人公诀别，一人说："从今往后，我就停在这里，每见到海便想起你。"另一人说："何必如此，你还这样年轻，你的路还远。"那人回道："年轻么，不要紧，你走以后，我很快要老的。"

在这一方小小幕布上，重现的那些，生，老，病，死，怨憎会，爱别离，求不得，无非如此，不过如此。婼西怔怔坐在黑暗里，欲语泪先流，想到这动荡的年代，人命亦如纸薄，心之所至，身之所至，往往由不得自己。她不禁侧过头去望之衡，却瞧见他闭着双眼，眉头微蹙，竟是盹着了。光影闪动中，他的睫毛似乎微微簌着，婼西轻靠在之衡肩头，挽住他的手，如果时光可以停留，她是愿意的，就停在这里，再不走了，就这样守着他，老也不要紧。

片子终了，放映厅里倏忽亮了起来，像密封的匣子摔破了盖头，猛地渗进光来。之衡被灯光刺了眼，惝然醒转过来，才意识到自己睡熟了，不禁笑道："我怎的竟盹着了，可惜了这一张票，你应当叫醒我的。"

婼西也笑："看你乏成那样，好容易歇一会子，我也不好叫你起来。可话又说回来，说好的要带别人看电影，却反倒自己睡起来，这是不是该罚？"

之衡忙做出惶恐的样子笑道："确实该罚，夫人怎样说，便怎样罚吧。"

嫦西扭转头去："林哥哥，你怎么也乱说起话来。"

之衡柔声道："我哪里乱说了，还能有谁似我家夫人这般蕙质兰心。"

嫦西红了脸，站起身道："不要以为讲两句俏皮话就可以不要罚你。"

之衡也站起身，替嫦西披上外套："要罚要罚，不如罚我请夫人去吃小馆子可好？"

嫦西想了想，笑着对之衡摇头。

之衡不明所以，问道："那是累了，想早些回去歇息？"。

嫦西点点头，忍俊不禁："是想早些回去，但不是回去歇息，是想回去吃你包的水饺。"

之衡也点点头，如沐春风："遵命。"

之衡揽着嫦西踏出戏院，天边刚刚泛起鱼肚白，街上蒙蒙笼着青白的晨雾，戏院对面停着几台黄包车，车夫将帽子扣在脸上，拣着生意清淡时打个瞌睡。远远有车轮的声音传来，嫦西应声回望，只见是蹬车的菜农，踏着一辆落了漆的木板车，满载着各色青蔬瓜果，蔬果上带着新鲜的露水。那车子边沿斜坐着一个微胖的女人，脸上带着乡下常见的红晕，梳着紧实服帖的发髻，她穿着浅色的裤褂，旧式的布鞋里没有裹脚，随着车子一蹬一摆，车子吱扭着经过街道。

当车子从嫦西身旁掠过时，那女人正巧抬了头，同嫦西的目光碰到了一起。嫦西看到那乡下女人的眼睛，大大的杏仁眼，嵌在黑里泛红的浑圆面庞上，莫名透着知足的安淡。那女人也望到了媊西，又连忙低了头去，像是有些羞怯又有些窘迫，清晨微凉，她从挎篮里掏出件灰布大褂，给那蹬车的男人披在背上。车子一会儿便走远了，可媊西还望着那车子的方向，之衡早已打开车门，握住媊西的手问道："在看什么？"

媊西回过神来，对之衡道："看到一对寻常夫妻，突然有点羡慕。"

之衡笑问："羡慕什么？"

媊西坐进车子，挽紧之衡的手，微笑道："没什么，只是看到他们，觉得知足常乐真的很好。"

之衡向车窗外回首一望，笑答："怎么？也想有一日'晨兴理荒秽，带月荷锄归'？"

媊西垂头微笑："衣沾不足惜，但使愿无违。若是有一日我们也能像寻常夫妻一般，那该有多好，你每日出去做事，我打理家务，为你煮饭烹汤，或者我也能够出去做事，到学校里教小孩子们读书，也许经济上会拮据一些，但我们可以永不再分开……我们……"

之衡揽媊西入怀，他一字未语却蹙了蹙眉，他深深吻在她鬓边。

车子渐渐驶远，微白的晨光淡淡洒在车子后面的玻璃窗上，媊西斜倚着之衡，静静地坐在车里。她略略有些倦意，并未抬眼去看窗外的景色，可如若她能回头一望，便能望到那位年轻的先生，身着一件灰绒大衣，里头是月白的洋绸西装，正慌张地去追她的身影。楚义饮了酒，面色有些薄薄的微醺，他望到车子一转弯便消失在街角的尽头，心里蓦然涌起浓浓的怅惘，他以为他竟是认错了。

他写了许多封信寄回香港，可一封回信也未收到，他心下焦灼难耐，即便香港的交通全然阻断，他也想冒险回去找她。可二哥担忧他的安危，派了人保护他，一刻也不离左右。自回到南都来，楚义像是笼间囚鸟，铩羽而归，他的锐气有些钝了，这让他生出许多平白的忧虑，而更艰难的是，他同婳西，竟就如此断开了联络。

第九章

落花时节又逢君

楚义醉意未消，脑海中还留有片段的回想，那些回想里，有从前夕阳下的婳西，她清淡的笑同此时轻曼的晨雾相融在一起。楚义感到了一丝黯然的冷落，他垂着头，不再乘车，只慢慢行在初晨些微的凉意里。茶楼开得最早，可如此时分，也鲜有客来，楚义一阶一阶登上楼来，顺势挑了临窗的好位子，叫了清茶和鸡丝白粥，粥太烫，要撮尖了嘴唇呼哧呼哧吹着。

　　一碗粥才吃到一半，便渐渐听到下面浮起的许多声音。各样的车笛声，马达嗡嗡响，学校里清脆脆的课铃声，工匠叮咣咣的锤锯声，还有隔壁桌阿妈哄着孩子吃点心的嘟嘟囔囔。这一切都在楚义耳旁，但又都恍惚得很，似乎只是耳旁风，一阵吹过去了，半点痕迹都不见。这场景令楚义不禁想起那一句话来，鲁迅在《而已集》里写道："楼下一个男人病得要死，那间壁的一家唱着留声机，对面是弄孩子，楼上有两人狂笑，还有打牌声，河中的船上有女人哭着她死去的母亲。"

"人类的悲欢并不相通，我只觉得他们吵闹。"

楼梯上忽然多出一阵喧嚣，原是个外国客人正拄着手杖笃笃走上楼来。那外国男人敦白的脸上留着两撇小胡须，一张脸虽有些过于饱满宽阔，但那双慧黠的蓝色眼睛却极为灵动。他正巧坐在楚义前方，先是咳嗽了一声，可喉咙里还有些浑浊。他叫了一道汤牛肉，一道珍珠米，还有一样甜菜，跑堂的伙计几番才弄明白，要的原是蜂蜜煎鸡蛋。实际上那外国人的中国话较其他彼时仍在中国的外国人而言已是很好了，可楚义仍能听得出那异域的生涩口音，听来似是有些耳熟，有几分像从前母亲举荐的那位旧幕僚。

还记得前些日子探望母亲，因着父亲病情每况愈下，大哥又出了状况，再加之母亲同二哥之间总不大好，现今只有楚义可以倚靠。那次楚义去见母亲，是想问她拿一个主意，令父亲退职下来，由二哥顶上去，也好过拱手让给外人。可母亲却迟迟不肯答复，楚义想问又不知从何问起。他只记得那日傍晚的云霞，烂漫地洒满了整个阳台，洒在那把老旧的棕漆躺椅上。楚义依稀记得，母亲年轻时，常常斜卧在这把躺椅上读书，读到有趣处，会不由得笑起来，那躺椅也应声摇起来，吱咯吱咯像个逗乐的小鬼。而如今，夕阳照耀下来，一望可见那躺椅上静静积下的薄薄的尘灰，想是母亲早已不爱在此读书，乘凉仿佛是隔年的事了。

才过了没几日，楚义又接到管家传话，是母亲要他回去一趟，说是有事要同他商量，楚义以为是母亲终于松了口，愿意辅二哥上台。本想着一早就坐了车子回去，可奈何被一位朋友的杂事绊住了脚，直拖到下午才空闲下来，楚义到家时，母亲正在客室闲坐。

家里人少，空旷旷的。客厅里没生暖气，只在沙发边上装了一只火炉，一把藤心红木椅上坐着倦倦的母亲，她穿着件简便的翻领黑丝绒洋服，斜披着一件碧蓝镂花的土耳其披肩。母亲半弯着腰，为楚义剥橘子，她的正直端丽的鼻子偶尔往上一抬，更显得那细小的鼻孔的高贵，可手指尖的红蔻丹却不知为何有些斑驳了。母亲一面剥橘子，一面将橘皮贴在火炉盖小小的黑铁片上，像一朵朵朱红的花，渐渐地能闻到橘皮的清香。

楚义晓得母亲出身极有根底，南都数一数二有历史的大商家，十七岁出嫁，之后生了大哥和他两个儿子，这么多年，不是很快乐，也不很过分。见到楚义来，母亲才显出开心的样子，一迭声喊人，叫把上午买的干果蜜钱拿出来，再沏一壶新近的碧螺春，楚义爱吃。

下人们忙了一阵，楚义这才坐下来，吃了两口茶。

母亲轻声叹了口气道："你还记得咱们从前那个幕僚理查吧。"

楚义接过母亲剥好递来的橘子，拿起一瓣送入口中，口腔里蔓延起一股冰凉的酸甜，他点点头道："自然是记得。"

母亲沉了沉声，嗓音里含着一种悲伤的暗哑，她低下头道："上个月听到了他被暗杀的消息，就在码头附近，两个穿白衬衫黄卡其裤的男子，连放几枪逃走了。理查被送到医院里拖了三天死了，活生生的一个人，三天就没了。"

楚义好似有些哽住了，他听得出母亲声音里的忧伤分明还有些其他的缘故，早就听过些不知哪里来的消息，说母亲同那理查十分亲厚，甚至是有些太亲厚了。

母亲又道："都说是蜀州方面的人，从前的谣言似乎也坐实了。你也要早些掂量清楚，同谁亲近，不同谁亲近。"

母亲只是望着他，轻轻叹道："儿子，母亲不会骗你。"

楚义坐在沙发里，沙发上铺的弹簧褥子奇软，像个大粉扑子，他感到自己深深地陷了进去。从前年纪小，同母亲说话，总有些言者谆谆，听者藐藐，而今听母亲讲话，倒有些莫名的慰藉。

见楚义没作声，母亲又转念道："你可曾去看望过你大哥？"

楚义将吃了一半的橘子置在桌上，回道："到医院里去过了，上回我买了点心带去，大嫂就把书摊开了当碟子，碎糖与胡桃屑都撒在书缝里了，她也没管。我记得原来大嫂不是这样的。"

一提起大嫂，母亲眼圈一红，嗓子都哽了："前些日子见到你大嫂，你没看见她从前眼睛多么亮，还有种调皮的神气。你大哥出了事以后，她整个儿呆了。"

半晌的沉默令楚义想到那些医院里的画面，因着父亲同大哥的遭遇，医院于楚义而言总是不愉快的。四处洁白的房子，洁白的床铺和陈设，消毒药水的气味异香扑鼻，医生护士们的手指——白得像剥净皮的树根，白得单调，白得不知所措。

大哥穿着白麻棉衬衣，昏昏躺在病床上，虽是很憔悴，但还能看得出他当年的样子，瘦长，清癯的脸，倒是他身旁立着的大嫂，一张猫样的脸，脂粉未施，一双眼底挂着两道欠眠而生的乌青。她穿着件紧窄的碎花布长旗袍，外头套了件民初样式的暗枣红毛线背心，直柳柳的身子，半鬈的长发没梳发髻，枯黄的发尾，就那样随意地披在肩上。楚义头一眼望到她，竟是没有认得出来，同从前比简直像两个人。

楚义印象里的大嫂，圆中带尖的脸，颀长有曲线，爱穿时新的洋裙和高跟皮鞋，尤其她做的冰糖核桃饼，小时候楚义和二哥都爱吃。大哥夫妇结婚前，曾是许多年的朋友，大哥出洋时也携了大嫂一同去，他们的大女儿便出生在英国。之后大哥回家来替父亲做事，经年累月，大嫂一向在家，做他的贤内助，简直像个日本女人，烟视媚行的样子。

大嫂嫁过来那一年，楚义还未进中学。初夏时节，赶上浴佛节庙会，附近几条街都摆满了摊子。楚义吵嚷着要去看，母亲不许，嫌人多又杂乱，最后还是大嫂不忍心，偷偷带了楚义去，不敢声张，只说是领楚义去茶楼吃点心。人头攒动挤挤挨挨的庙会上，楚义只记得大嫂的眼睛里是亮晶晶的笑。她给他买的一支竹叶风车曾在那个夏天的傍晚迎风骨碌碌转了许久，而如今，竹叶风车早已不知所踪，大嫂的眼睛也不再笑了。

夕阳下落很快，灯火管制的城市里没什么夜景，只有头上暗黢黢的一片天，不多时，客室里渐渐昏暗下来。母亲随手开了电灯，灯开的一刹那，室内充盈了玫瑰色的光晕，华丽的半老洋房里，铁画银钩的玻璃窗上映出两个薄薄的剪影。楚义这才注意到，玫瑰红的玻璃灯罩上原来累累的都是颗粒，是为了免得玻璃滑，容易失手打碎。

　　晚饭同母亲一道吃，父亲卧床，不进餐室，餐桌上只楚义与母亲两个。菜也简单，一道砂锅鱼头，一道笋片肉丝，加之一道海蛎蒸蛋，一看就是按他的喜好来的。饭照西方的习惯盛在一只白瓷椭圆大盖碗里，随时可添，桌上还有小小一盅清焖蚝汤，那是母亲特意为他煲的。

　　汤有些烫口，慢慢地一勺呷下去，楚义额头上起了薄薄一层汗意，他不由得想起媮西。香港陷落的时局，他同她在西山小筑的日子里，她也曾为他煲过蚝汤。战争时期，物资匮乏，饮食都是奢侈的。楚义想起媮西做菜，常常是物尽其用，藤萝花饼，煮玉兰片，拔丝山药。如今看来，不过只是些捉襟见肘的吃食，但当时却并不觉得有多么拮据寒酸，那时他同她立在摊头上，一起吃一个滚油煎的萝卜饼便觉得是人间至美。

　　还有那一次，在街上不巧遇到太阳雨，还淅淅沥沥夹着冰雹，他赶忙拉着她躲起来。

　　他们常去买菜的小街上，有一辆炸毁的空电车停在街心。电车外面，是淡淡的太阳，电车里面，是昏昏的太阳，单只这电车便有一种原始的荒凉。街边门洞子里挤满了躲避冰雹的路人，挤挤挨挨，能闻到一股腻腻的桂花头油味，从人群中抬头望出去，天上微薄的太阳半掩在云雾之中，说不出地朦胧悲怆。

　　他将媮西揽在怀里，这样近的距离令他能嗅到她颈中的气息，碎小尖利的冰雹一股脑地打在屋檐上，再摔在地上变成分崩离析的美丽冰花。他感到她有些颤抖，不知是害怕还是冷，他便更紧地揽住她，假使阎王殿里命格书上早已写明了他们下一刻的命运，他也要在这一刻，拼尽全力地，保护她。

他同她在香港的种种，想起来总有一种相依为命的末日之感，想到此处，楚义不禁微微笑了，他对她的一片真心，他相信她是懂得的。

晚餐吃了几许，倏忽听得母亲絮絮说道："上个月同辰太太她们打牌九，遇见一个你父亲从前的部下，姓赵的，他们家的三小姐，那模样长得真是标致，更难得的是人很聪敏，有学问性情也好。我想着，几时请她来家里吃茶，你觉得怎样？"

楚义记得婳西从前在家时也是三小姐，冥冥之中他仿佛觉得这数目的巧合有命运性。

楚义疲乏地摇头笑叹道："我最近忙得很，说不准哪天才空得下来，总不好放人家鸽子吧。"

母亲似是有些不满道："总这样不行的，家里要有些喜事才好。"她说罢抿了抿嘴角，又轻声道，"不要以为我人老了糊涂了，你的那些事情，我还是晓得的。不就是北平季家那位么，南山，你惦念别人，可有想过，别人是否也惦念你呐？"

楚义不假思索便回道："她一定是惦念我的，只不过如今交通断了，待海上的航线一恢复，我立刻要去找她的。"

一时的沉默，母亲突然兀自起身，须臾，携了一块泥金绣缎来，放在楚义面前。楚义不解，直问道："这又是什么？"

母亲也不抬头，自顾自夹了一块海蛎，才轻声回道："你瞧瞧吧。"

那锦缎里似是包裹了什么，楚义粗略望过去，大致像一封信，又像一本簿。掀开缎子，楚义只看了一眼，便把那锦缎连同包裹的东西一股脑向一只镜面乌漆矮几上一丢，他随即在沙发椅上坐下来，虽带着笑，脸色却很凄楚。

锦缎里是几张薄薄的相片，上面是一行人送别的场景，能看见雨后的车站，车站旁肃穆的驻军。也许只是不经意吧，相片边缘处还有两个小小的侧影，是一个年轻先生携着一位小姐在喧嚣的人群中经过，也许他们的车子停在不远处而已。只是很简单的场景，很简单的人像，甚至还有些模糊，可在楚义眼里，看到的却是熟悉到灼目的面孔。

楚义看着相片里的二哥，还有他身旁的女人，顿时有些慌张。他心底有个轻轻的声音告诉他，这是他最不愿相信的事实。楚义不禁想起那个薄雾的清晨，想起那个同婳西相似的背影，在短短一刹那间，楚义竟是胆怯了，他不知这一切应将如何面对。他还记得从前看过的美国片 *The Great Lie*（《情谎记》），电影里的一幕是男人的妻子与外妇亲狎地、和平地相处，仿佛一切都是理所当然的，那场景令楚义不寒而栗。

母亲不常见地亲手执了茶壶过来，黄藤茶壶套，壶里倒出微温的淡褐色茶水，萱草纹白瓷茶杯碰到乌木几上，轻轻巧巧的一声。楚义却似未闻，只听得母亲道："风言风语总是避不了的，听说她早就跟了他，住在西边一幢别苑里，少说也有几个月了。"

母亲叹息道："儿子，听母亲一句吧，母亲只有你了。"

楚义背着亮光坐在沙发椅上，从侧面能望见他弓形的唇线，边上有棱，他直直的鼻梁像一根线，目光下视，像捧着一杯水。他想不透母亲究竟是怎样得到的这些相片，而其真伪又是如何，他的心乱了。母亲乘机劝了他许多话，他却淡淡地不接口，只握了握母亲的手，嘴角泛起一丝苦笑，低声道："我晓得的，我都晓得的。"

时间已不早了，楚义起身要回自己住处，自从不列颠回国，因着父亲的病，家中频有宾客来来往往，着实不便。为此楚义便常住一隅都督府邻近的洋房，如此一来，若父亲有访客临门，又不便会晤，便可先由楚义代为接待。

乘了汽车出来，空气间飘有似雾非雾的牛毛雨，霜浓月薄的银蓝的夜里，唯有不远处一两间店铺点着发出强烈光芒的电灯，蓦然望去还有些刺眼。楚义斜坐在车里，感到头昏脑热，他怔怔地想到方才的相片，想到二哥和婳西，巨大的惶恐感令他不断地祈望这只是母亲的又一个巧计而已。

接下来的几个月间，他疯狂地找她。

他几番辗转，先是找到了那相片的主人，好在那人十分热忱，还记得当时的情景。他告诉楚义，那是刚入秋的时候，火车站上下来一个先生，看上去三十来岁，穿便服，窄窄的脸，长得清秀。听说是打从南边一个小站过来的，他身边带着一个年轻的女人，白净俏丽，有些病容，疲倦地笑。两人倒是一对儿，她说话他从来听得入神，也太好了些，不知究竟是太太还是姨太太。之所以还记得这样详细这样深，实在是因为难得看见那样漂亮的一对人。

楚义听罢，心里满是绵稠的怅惘，他似是陷入了一种无力的执着之中，他的心高高悬着，他一定要找到她。

直到发现了那片梅林。

沥青的柏油马路两旁有半人高的矮冬青夹道，高大的灰色的砖砌水门汀建筑，旧式的三层西洋宅邸，墙上攀爬着些碧绿的爬山虎，远远望去，隐隐约约有一小片淡红瀚绿的林子，看起来像是梅子树。

楚义下了汽车，沿着夹道上行，铁质镂花的大门旁站着卫兵。楚义心里有些不安，看样子确实是二哥的做派，本以为卫兵不会轻易放行，可一见是都督府的车子，守卫并未对楚义有过多盘查便开了门。

庭院不很宽阔，只一片郁郁葱葱的梅林掩映其中，在南都冬日高远的阳光下，能看到红璎珞般剔透的梅子花。厚重的双开橡木门，楚义揿了门铃，开门的竟是常姆妈，楚义一向以为她早已回了乡下老家。常妈倒是不慌不忙，好似早已预料到了楚义的出现，也没有过多的言语，请了他进来，又匆忙去备茶和点心。

楚义进了客室，左右环顾了一周，虽是偏僻的老洋房，但室内的家具却全是讲究的木料。地板也是用了心的，看样子是在从前的旧拼花地板上重新铺了新地板砖。还有北平式的红蓝小地毯，旁边客室里，米白的绣花桌布上摆着一只广口描金霁红花瓶，里面插着一簇轻红的梅子花，花瓣上还带着露水，像是早些时候新采的。房子里清净，常妈泡了茶来后，更静悄悄的一点人声都没有，偶尔能听到小火盆里炭屑轻微的噼啪声。

不一会儿听到汽车的声音，女佣们忙开了门候着，楚义从窗前望去，原是婳西同之衡刚从外面回来。不远处的婳西侧挽着之衡的臂，时而低声微笑着说两句话，两人一路相携而来。

楚义怔怔地在客室立了一会儿。

进了门，婳西躬身倚在门口矮柜上换鞋子，她单立着一只脚，一边脱这里的鞋子。另一边去拿要换的鞋子，之衡怕她站不稳，双手扶着她的一只臂，婳西轻轻笑着同之衡打趣。楚义看到，婳西也握着之衡的手，挽在她的心口上。

楚义不禁径直走上前去。

婳西望到他的那一刻，下意识地站了起来，不经意间扯到了矮柜上的格纹布，一只瓷花瓶应声而落，掷地作金石声，梅子花散了一地，三个人都怔了一怔。

楚义注意到，她仍紧紧握着他的手。

婳西望见楚义，一刹那间，重逢的喜悦令她急忙向他走去，而之衡仍旧立在原处。楚义看到之衡抬眼去望婳西，那一刻，之衡的眼里是近乎于悲哀的恋恋的神情。楚义忽而感到，对于他的二哥，他竟似乎是完全地陌生。

久久不见，如今这个婳西看上去简直像个新的人。那是一种崭新的轻盈，比以往任何时候都更健康更明媚。

也许是因为，她更像个标致的美人了，鲜荔枝一样半透明的清水脸，只搽着桃红唇膏，盘了高高的斜云髻，只鬓旁垂下一缕半鬈长发，看起来蛛丝一样细而黑。她穿着件孔雀蓝的长袖织锦长棉袍，时新的丝袜子，进口的小牛皮鞋，她的眉眼虽一如从前，可相较于从前在香港时的荆钗布裙，又分明是有些变化了。楚义惘惘地看着她，恍惚中感到，这位眼前人似乎并不是他的婳西，她同她，如此相似又如此不同。

但他望着她，仍有些神往。

爱上一个人，有时就像得了一种病，只有跟她在一起，才觉得快乐。只不过有的人病一阵子就好了，有的人会病一辈子。楚义隐约感到，他对婳西，好似要病一辈子。

婳西静默着立在那里，像瓷瓶里一枝梅子花，碧清的一双妙目，目中眸光氤氲。她蓦地见到楚义，心里也是恍惚的，也不知是如释重负还是单纯的惶惑。此时此刻，她望着他的模样，过去的一幕幕在她脑海中此起彼伏。楚义这日在厚毛线衣里穿了件翻领衬衫，他的脸色有些苍白，眼窝里略有些憔悴的阴影，一绺头发垂在眉间，有几分像旧照片里的诗人拜伦，一副顾影翩翩的忧郁的样子，令婳西想起"春逝"里的句子。


*If I should meet thee, after long years,*（多年后，若他日相逢）

*How should I greet thee?*（我将何以贺你）

*With silence and tears.*（以沉默，以眼泪）


婳西只幽幽觉得，自己同如今的楚义，仿佛隔了相当的距离。

即使他们曾经相遇过，但当岁月早已走失了彼此的时候，相见已远远不如怀念来得更真切更令人心动了。

婳西的声音颤抖了："欧阳哥哥。"

楚义却有些恍惚，他望着她叹息："婳西，你……"

婳西又上前一步，她似是有些急切："你何时回来的？你可晓得，我一直担忧你。"

楚义听得婳西这番问话，才稍稍定住了神。他感到一丝奇怪，回到南都这么久，难道二哥都未曾告知婳西他现下的情形？但千言万语一时涌起，他刹那间有些不知所措，只直直反问道："我也一直担忧你，你又是几时来到南都的？你和二哥，你们……又究竟是……"

婳西望了楚义许久，这才垂了眼轻轻道："我……这一向说来话长了。"

楚义却仍望着她，梦呓般轻声道："原以为，你仍在香港等我。"

婳西只觉有些哽咽，她低下头来缓缓道："对不起，我……请你忘记我吧。"

见到婳西伤心，楚义心如刀绞，他还未及作声，之衡便走上前来。之衡望着楚义的眼睛，揽住婳西，低声道："婳西如今是我未婚妻子，从前的一切，自然是不作数了。"

楚义不禁挑了挑眉，不置可否般轻笑道："未婚妻子，简直荒唐！若婳西是你妻子，长煦路的宋绫卿又是哪位？"

之衡似是感到有些可笑，他轻声道："若是外人不懂缘由便也罢了，真论起来，南山，我同宋家的姻缘可还是拜你所赐的，你又何出此言？"

楚义正色直言道："二哥，你究竟何故如此？若你是因从前的旧事恼怒于我，我愿倾我所有补偿与你。只恳请二哥，放过婤西吧。"

之衡亦正色道："我不懂你的意思。"他转身揽住婤西，望着她沉声道："我同婤西，一路走来诸多不易，个中辛苦，惟彼此知。而今，怕是连生死也不能分开我们了。婤西，你说是么？"

婤西听得之衡一番话，隐隐便要落泪，她紧紧挽着之衡的手，郑重地点头。

等闲变却故人心，却道故人心未变。

楚义如梦初醒，他有些怅怅不能言，只连退了几步，垂头低声道："这究竟是怎么了……"

之衡不禁蹙眉道："南山，即便你是我弟弟，但若你再度打扰我妻子的生活，我决不善罢甘休。"

之衡说罢，连声喊了人进来，虽不曾动怒，嗓音却隐有微澜："送二少爷回吧。"

楚义被之衡的侍从官请出府邸，他的神情似是有些游离，他深深叹息，望向远远的天际，望到沉重的火烧云，薄暮间的落日。他不自觉地攥紧了拳，又回首看向铁栏杆后那片潋滟的梅子林，一阵风过，拂了他额间的发。他不禁垂下头，默默想，这一切定会水落石出的。

他暗暗下了决心。

第十章

## 风雨难留香如故

上海外滩的傍晚，日头还没下去，江对岸就已看得见星星火火的米粒似的灯影，雕花的西洋路灯也亮了，灯火斜斜拉出个影子，那是个漂亮的、曲线婀娜的影子。随着影子向上看，先是前短后长，不对称的紫绉纱裙，那边角缀着细细的褶，风过看得见涟漪，这是日本人设计的新派洋装，这两年正流行的款式。胸前腋下有特意的富裕，盈盈一握楚宫腰，裙子的主人是个瘦削肩膀的年轻姑娘，稍短嫌宽的鹅蛋脸，鼻子却尖尖的，美得柔和又凛冽。

何嘉臻怔怔地看向江水，黄浦江上是沉甸甸的天，鸭蛋青的天际与虾红的夕阳接连一线，灰扑扑的江水瞧着也仿佛有了些温度。空气中有蒙蒙的水汽，几架飞机飞得低，隔着雾似的水面，能听到朦胧的炮声。嘉臻听人讲，是东洋在打香港了，过不了几天就要打到上海来。旁人听得这话心里总怯怯的，会担忧着战火烧到自己身上，但嘉臻却只是怔怔的，仿佛那只是别人的事情而已。从她这里远远望去，像在玻璃罐子里看花花世界，说不清地隔膜怪异。可嘉臻却觉得寻常极了，因着在许多许多年前，她就在那玻璃罐子外，探着头怯怯地瞧那里头。

作为一个破落户家的穷女孩子，嘉臻确实过于标致了，这于她而言，祸福倚伏，惟人而已。她家里早已没落了，祖上确实做过官，小时候虽也富裕过，但架不住父亲实在太能花费。老太太在的时候还愿意帮着补几个亏空，等老太太一死，家里分了家产，父亲一张钞票也没拿到。怎么可能拿得到呢，他历年在公账上赊的钱早已超过了他应得的部分。

嘉臻五岁那年，他们一家从老房子里搬了出来，赁不到好房子，只得暂时找了个弄堂房子将就着，这一将就便十年过去了。父亲也不愿出去找事做，即便愿意，也不一定找得到事，现在没什么地方愿意留纳吸鸦片的旧学秀才了，再说还要顾着面子那一层。总算靠着母亲替别人家补衣服，家里才吃得起饭，但实在供不起她和妹妹读书。她们姊妹两个，嘉臻只读到初小便停了下来，而她妹妹一天书都没有读过。

嘉臻的路，要按她母亲的话讲，像她这样的半大女孩子，没读过正经书，理路都不清，更别谈什么找事做了，程度这样低，早点找个人家嫁了是正经。或者像她父亲讲的，家里要是实在困难，哪天开不出饭来，就叫大一些的女孩子出去做舞女，小一些的拖鼻涕丫头借给别人家做粗活。别看是没落了，他们这样家庭的女孩子走

158

出去，还是跟外头那些不一样的，即便是做舞女，也不是没有本钱。

嘉臻时常觉得自己是魇在了一个无光无影的黑色桎梏里，无日无夜，像她父亲的麻将桌子，一开起来就没完没了，桌子底下的瓜子皮像长出来似的，怎样也扫不干净。不过后来，好在也吃不起瓜子了，就索性不吃了，电灯使不起了，就点个油灯将就着。等油灯也燃尽了，就把仅剩的几件过冬用的旧皮草当掉了，麻将桌子总是停不了的。

总算有一天，家里断了米，一家人恓惶惶地围在餐桌旁，电灯早不用了，丢在那里积了厚厚一层灰也没人管它。一只小小的煤油灯摆在架子上，也不太亮了，只照得见一小圈红黄的光，嘉臻想应该要剪剪灯芯的。她母亲只煮了点烂菜茨菰汤，小妹妹闹着哭喊饿，嘉臻垂着头啃着半个隔夜的煮番薯，晦暗的灯影里，番薯顶着乌紫的皮倒像个皱皱巴巴的不幸的死婴。

嘉臻怔在那里，她很想猛地站起来，狂奔到街上，到码头上，到海里去。她想控诉这个世界，为何如此对她，她究竟是有什么孽障，这辈子要过这样的日子！她家里早赁不起楼下的房间了，现在全都挤在上边的小阁楼里住着，人人都要猫着腰，只怕碰着房顶要掉水泥灰下来，阁楼里光线不好，打扫起来费劲。

她站不起来。

嘉臻一把将那半个番薯扔到地上，番薯骨碌碌地滚到床底下，藏了进去。这一下子小妹妹倒是不哭了，睁着眼睛看她，清鼻涕挂在脸上。嘉臻整个人趴倒在那肮脏的薄薄的白色小床上，大声地呜咽，寒冷赤裸，像一块揭了皮的红鲜鲜的肉，听了让人很受刺激。她的母亲，当年也是那样水灵灵的一个美人，如今也似乎听得心烦，暗黄着脸，散了头发，横眉瞪目大声吼她："你疯了你，号什么丧！"嘉臻也全作不理，呜呜咽咽的只顾自己哭。不知过了多久，夜色已完全深了，那哭声虽已停止，还不免有些哽哽咽咽的。嘉臻的辫子松了，头发劈头盖脸的，乍一看还有些狰狞，她歪倚着床背坐起来。油灯早灭了，房间里黑黢黢的，其他人都睡了，似是谁也没将她当回事。

窗户破掉的缝隙漏了点月光进来，床底下一只红皮绣花鞋生了霉菌，不知什么时候又被人翻了出来，那鞋面斑驳得早已看不出是红色了。嘉臻只是认得它，她晓得，即便没生霉菌，这鞋也是用不了的了，拿到街角修鞋匠那里都会被嫌弃。嘉臻顺脚一踢，把它踢回了阴暗的床底下，再也看不见了，像是从来没有过的样子。不知为何，嘉臻却有一种报复的快感，她似乎是拿定了主意。

次日一早，嘉臻拿冷水擦了脸，往手心里薄薄撒了点牙粉，拿手往脸上抹了一遍，衬得整张脸雪白的，她本打算再擦点胭脂，但转头想想，又作罢了。她就这样走到街上来，冬天的街道冷清清的，有点肃杀，也没有什么突出的色彩。街两旁的树都枯了叶子，光溜溜的枝丫横斜着，看得出是许久没人来修整了，偶尔能看见几个新出芽的骨朵儿，可还不一定呐，活不活得下来。

街上的三轮车夫们披着方格子绒毯沿街边蹲了一排，天太冷又没什么客人，他们也懒得在街上瞎转。一个车夫刺溜刺溜地打南边过来，路过嘉臻，朝她看了两眼就继续走了，她不是他潜在的客人。嘉臻自己也明白，她穿得简直不像样子，就是寒酸，一点道理也没有地寒酸。她的蓝布罩袍早该换洗了，外头的黑大衣还是旧式的塌肩膀小窄袖，底下是颜色太深的肉色线裤，黑头的尖口布鞋，根本不是这个季节能穿的鞋子，可她家里过冬的棉鞋早就当掉了。她走起路来有点一探一探的，似乎是鞋子不太合脚，也可能是因着脚上的冻疮，她两只手揣在黑大衣口袋里，佝偻着脖颈儿，瑟瑟缩缩的，是真的冷。

　　舞厅本不太情愿收下嘉臻，嫌她年纪小不懂事也不怎么会跳舞，又嫌她过分漂亮，怕得罪了客人招惹事情。但巧的是过两日就有大客人要来，舞厅里的头牌夏菲老九正闹着要辞工，着急火燎地赶着去做一个名人的下堂妾。为了凑个人数，也就左右不过收下了她，留着她跟其他一些女孩子搭档，跳些凑人数的背景舞。

　　因那日的大客人提前打了招呼要带几个东洋商人，舞厅特别安排了几个女孩子练习东洋舞蹈，嘉臻也是其一。她穿着件六成新的和服，浅梅红绣白花的，很鲜亮的布料，在舞台上很好看，但拿近一点，便一眼就知是极廉价的衣料，也不怎样经穿，才拿到手里边角便已泛了毛。舞厅里的女孩子们欺生，见嘉臻是新来的，她们便早早挑走好的衣服，挑剩下的才给嘉臻。嘉臻也不敢和管事的经理抱怨衣料，因着搞不好，他们还会反过来赖你毛手毛脚，要你赔衣料钱。嘉臻只得自己拿针线滚了小小一圈边线，这才将将看得过眼。舞厅里有点资历的舞女都会专门花钱请人化妆，嘉臻一穷二白，心里也打鼓，自己随便搽了些脂粉就上台了。

从明晃晃的舞台上，往台下一望总觉得哪里都黑漆漆的，下了场，照例是要去陪陪客人的。可嘉臻木讷讷的，远没其他那几个女孩子机灵，本想借着换场的空隙出来歇口气，可经理过来告诉她，有个客人点名要她去一趟。

嘉臻见他第一眼，只觉得他瘦，他穿着件樱白华丝纱的长衫，身形很是潇洒，清癯的长方脸儿，鼻子略有点鹰钩，眼睛大大的水汪汪的，肤色倒是不白，略显黝黑，只是隐隐觉得憔悴。当时的嘉臻并不晓得今后可能同这人产生的种种，她只觉这人须要好好歇一觉，不应该到舞场里来，而应该回家去。嘉臻也料不到，之后那人竟常常来，他不同她跳舞，也不同她亲热，每次来了只是静静地坐一会儿，聊上几句闲话，留给她一些钱。她虽觉得古怪，但更多的，不晓得是不是开心。

风月场里混熟了的人，对于哪些是做惯了的舞女，根本一眼就认得出来。那些女人爱化过分点的妆，红的鲜红，黑的漆黑，眼圈上涂了或绿或蓝的油膏，远看固然是美丽的，离得近一点便觉面目狰狞。叔父要招待东洋商人，请睿昇作陪，睿昇本是不想来的，这几年越发不一样了，现今来的东洋人，嘴上说的谈生意，心里却在打着不正经的主意。睿昇也不想同他们扯上关系，再加之，他还未从千雪的影子里逃脱出来。无奈叔父几度游说，又拿来了洽谈的细节，叫睿昇安心是正经生意。因着叔父从前一向照拂母亲，睿昇便也硬着头皮跟了出来，总是躲不过的，早些站明立场也是好的。席

162

间喝了几杯酒，百无聊赖地，远远便瞧见了她，又怎样瞧不见呢，那一群女孩子里面，她样貌最好。

那样清清淡淡的一个人，看起来稚气未脱，但眉目很是秀气，尤其是眼睛，婉转的水灵灵的样子，似是有话藏在眸子里。她梳着东洋式的发髻，脸上擦了胭脂，但看得出手法粗糙蹩脚得很，她的浅梅红和服边角处绣了密密的白花，远望过去莲步生雪。睿昇借着酒意，叫了她来，和她攀话，她也不大言语，只暗暗低头。

睿昇也不明白为什么会对她有莫名的情愫，也许是她低头的那一刻有一点点像千雪，也许是她拙劣的舞姿，是她廉价的梅红和服，让他毫无道理地想起他的千雪。尽管他也不能否认，连千雪也远远不及这女孩子秀美。自千雪走后，他从未梦到过她，但自从遇到嘉臻，他开始梦到千雪，在每晚重重叠叠、潋滟翩跹的梦境里见到千雪。初冬酿雪的天气里，他遇到月台上等他的千雪，她穿着件家常的桃粉和服，下摆绣着淡白的花瓣，清晨的冷雾还未散去，她披着的梅红围巾，仿佛霞帔，微笑着对他道："睿君，你是世上最好的。"

也许世上就是有这样奇妙的巧合，自此，他便常常去找她。

一次睿昇去得不巧，正赶上她借病在家，他也不知哪里来的脾气，便一定要见着她，问了许多舞场里的人，才打听出她的住处。

那破烂狭长的小弄堂，下了雨便会淹起来，汽车开不进去，他只好一人走进去找她。弄堂里的小孩子们笑嘻嘻地怯怯偷着瞧他，他的米白长裤溅了不少泥点子，他也不管。

她下来的时候才刚刚洗完头发，还没干，头发未曾烫过，直直散下来掖在耳后，发梢还不停滴答着水。做舞女，她真是差劲透了。睿昇见她这一副匆忙的样子，似乎是没有料到他会找到这里来。阁楼里太小了也太乱了，她借了楼下人家的小客厅招呼他，请他吃茶，她自己坐在旁边，有一搭没一搭地擦头发。不晓得什么原因，这年早春回暖得迟，她却已换上了单夹棉的软布旗袍，那半成新的绛蓝料子绣了浅藕的明花，她很少穿这样鲜亮的颜色。

睿昇就坐在那里看她，乌发朱唇，明眸粉面。她低着头坐在那遮了半阙的床沿边上，床头摆着个敞开来的旧红木箱子，里面摆了一大沓破烂的《早潮》杂志，旁边粉白的墙冻得似青了一般，空气里浮着细细的灰尘和头发油腻的味道。午后的日头透了窗棂上的罅隙，照在她露出来的浅浅的颈窝里。

厨房间传来水壶呜呜的声音，嘉臻匆匆闻声赶去，她从过时的镶花五斗橱里取了只五角盖子的碎花外国茶杯。这只茶杯一直锁在那里，母亲不舍得用，那是她曾经贵族家庭里仅剩的一点痕迹。嘉臻往杯子里对上些茶卤，冲上七分满开水，又匆匆端了茶过来："先生，您喝茶。"她双手捧着茶杯，那瓷杯的边口不知怎的被磕去了一角，徒留残缺的遗憾。

睿昇接过来小小呷了一口，那水还太烫，要等等才好。嘉臻晓得，等茶凉总是恼人的，尤其是口渴的时候，但好在他看似并不太急。睿昇一时无话，向她投去一道静静的目光，她感到他在看她，可她垂着眼帘重新坐下，一时亦是无话。

这样长长的美丽的沉默。

他索性站起来，走过去挨着她坐下，他把一只手伸到她棉袄袖边，她怯怯地反过手来握住了他的手，那手的触感同千雪正似相反。千雪的手是夏日的傍晚，刚从户外归来的带着汗渍的潮热，还有那独特的年少的羞涩，而嘉臻的手软绵绵的，柔若无骨，却很冰很凉。她似是一尊仙女像，在晦暗的破败成一条条的杏黄神幔里端正地美着，他简直不敢相信。睿昇凑近了些，想帮她把手焐焐热，而她则如同无知的幼兽，顺势依偎了过来。她的身子微微发抖，不知是寒冷还是害怕，她像这毫无生命力的房间里唯一的温度。

睿昇站起来走的时候，她笨拙地跟着送他，弄堂太挤太窄。不过好在两人也并不并肩走，睿昇独自走在前头，穿过各种滴着水的屋檐和没晾干的女人的裤子。嘉臻安静地走在他后面几步远，睿昇走了好一段才到弄堂口，回头一看，她不安地绞着两只手，脸上有点茫然的微笑。雨几乎停了，睿昇把伞收了，伞上的雨水被抖落，在弄堂口混着泥土的地上溅起了几个黄灰色的水涡，睿昇正烦恼粘在鞋底的泥水，她突然问道："先生，您还来吗？"

睿昇挑眉，斜起眼光看去，她呆呆地睁着眼睛望着他，脸上带着不自然的红晕，看起来气色很好，简直太好了，好得有些乡气。但睿昇知道，那是在阴冷的室内待久了的缘故，他点点头："过几天吧。"他顺手从衣袋里摸了几张零钱票子递给她，他没有什么带钱的习惯，从前总是侍从官付钱的，今天他却一个人出来了。她颤抖着双手接过，低着头细细小小地说了声："先生，您真是世上最好的。"

只是一刹那而已，睿昇心间似是有什么被戳中了，尽管是毫无相似的声音，毫无相似的情景，迥然不同的人，可那轻轻的一低头，还有那轻轻的一句"您真是世上最好的"，却令他几乎落荒而逃。只一刹那而已，千雪的种种似烂漫翻卷的冬野雪花在睿昇的脑海里沸腾起来，是太在意了吧，才这样脆弱？睿昇也不晓得。

后来，就和其他养舞女养姨太太的人一样的，睿昇给予嘉臻经济上的支持。但和那些人不一样的是，嘉臻仍是住在家里，并没有搬到外面去，另过一门日子，尽管还是搬离了从前的地方。

日子就这样过去了。

花木萧疏的高台上，隐约浮动着朦胧胧的钢琴曲子，褐金发的俄国人在调提琴的弦子。上海新开的欧洲菜馆子里，近窗边靠露台最好的位置上坐着两个人，形似一对夫妇。那太太极年轻标致，穿着近来正流行的宽下摆滚边绸旗袍，露出白花花一截小腿，头发却高高梳上去，她颈项的曲线很好，侧面看去极尽婀娜。那先生年纪要大些，面色略显疲惫，精神却看起来很好。

侍应生捧了酒来，仔细地开瓶，斟杯，嘉臻认得出那淡黄的玻璃瓶子，标签上一串白描的葡萄。就是这个牌子，加州极好的白葡萄酒，冻一下，味道便出来了。冬天积雪的时候，半掩在雪中一夜，比摆在雪柜里好，这是睿昇最喜欢的。侍应生将酒瓶摆在桌上一小钵冰块中，方便客人之后取用，那酒瓶旁还摆着两盒纸包点心。睿昇每次见嘉臻，都会给她带芸豆卷和莲子糕，嘉臻总是笑着收下，她并未告诉他，她从来不爱吃芸豆卷和莲子糕。

睿昇举起酒杯轻呷了一口，抿嘴笑道："说来也巧，前些日子遇见秦慕，她那期的《玲珑》封面你看过吧，等吃过饭我陪你去挑几块好看的料子，也做几套穿穿，你一定比她穿得好看。"

嘉臻正换了小叉子吃甜点，那蛋糕里夹了一层层红的果酱，冷而甜。

她也笑道："那杂志我还没看，想是一定很好的，先生才会注意到。"

睿昇正想说些什么，他的侍从官却匆匆走来，睿昇看过侍从官递来的文件，皱了皱眉头，他微笑道："臻臻，下次再陪你吧，要是觉得无聊，晚上让司机送你去看电影，好吗？"

嘉臻有些什么想说却仿佛一时哽住了，她点点头："好，你小心些。"

睿昇说走就走，酒只喝了一口，澄明的玻璃酒杯还摆在那里，晶莹剔透的，不晓得的人会以为这桌宴席还未开始，其实却早已结束了。嘉臻前两日在庙里求的平安符，本想着要亲手给睿昇戴着，可还没来得及说，他便走了，嘉臻自己也惘惘的，仿佛有什么要紧事却忘记了。

不知为何，同睿昇在一起，时时刻刻都像别离。

她静静坐在桌边，睿昇昨日的话仿佛还在耳畔。

"臻臻，有件事不知你可否应我。我知这本是一个不情之请，现有一人，我引以为大患，人都道将智者，伐其情，愿你能投其所好，相机取势，助我一臂之力。"

嘉臻怔怔呆在那里，一滴泪落在那琉金玫瑰手镯上，她才意识到自己哭了。那手镯是他们第一次在一起后，睿昇送给她的，他说那日对于他俩都值得纪念，一定要送金器，让她自己挑。当然不止那一次，每次同睿昇一起，嘉臻都像洗了个热水澡，她本是极享受的，可睿昇总爱送些什么，于她似交易一般。睿昇送过她很多首饰，她仍旧最爱那第一只手镯。

时逢乱世，货币涨贬不定，而金器价格则稳高不跌。嘉臻这只金手镯，材料做工都属上乘，这么多年，除了见他，她从来舍不得戴，那手镯背后刻了一行小字："缘何嘉期？朝暮臻臻。"嘉臻还记得他为她戴上手镯的样子，他低声对她道："同臻臻一起的朝朝暮暮，于我而言，便是佳期，愿佳期永存，臻臻永相伴。"

但他仍旧娶了太太。家境丰盈的世家小姐，名唤丹朱，长相不过尔尔，自是比不上嘉臻的，可她能做睿昇的太太，嘉臻却不能。他也根本不避讳她。有时戴了正时兴的围巾，嘉臻奇怪，只因他是从来不在穿戴上用心的，待问将起来，他便直道是丹朱的心意，嘉臻不知该喜该忧。

嘉臻自觉，自己是没有理由怨恨他的，一个男人，对一个素昧平生的穷女孩子，他实在不能更好了。他将她从做舞女的风尘命运里拉扯出来，他接济她的生活，送她读圣约翰大学，甚至间接接济了她的整个家庭。即便他不娶她，即便他只当她是一只玩偶，她也是没有理由怨恨他的，哪怕现在他要她赌上性命，做一出美人戏来为他的野心献祭，她也不应当怨恨他。

嘉臻自己也疑惑，无数次，她扪心自问："究竟恨不恨他？"

要说真话，恨是恨的吧，但……她更爱他。

第十一章

朱颜辞镜花辞树

林太太庆生要请客，嘉臻也得了请柬。自然不是特意寄给她的，而是睿昇暗里要演电影的秦小姐邀嘉臻一同去，如此才得的请柬。

　　林太太是宋家的长女，她只嫁了欧阳家庶出的儿子，并非欧阳家门槛多高，而是早有听闻，欧阳林都督最看重的正是他的庶出儿子，至于为何并未大力扶持，无非是忌惮着大太太的缘故罢了。不过现在也好了，因着欧阳家之前的风波，大公子仍缠绵病榻，二公子则年岁尚轻，能够主事的，也只剩下这位欧阳家的林公子了。

　　嘉臻来南都已半月有余，南都不若上海热闹，嘉臻却无丝毫不适，她本就是不爱热闹的人。像林府这样的请帖，本是极难得的，但嘉臻却似不甚在意。若不是为着睿昇的请求，依她自己的性子是不喜来这类场合的。毕竟她是舞女出身，平日同睿昇一起，她总觉得自己低低的，像卑微到尘埃里，因爱而卑微，因卑微而无法被爱。

这日嘉臻到得稍迟，一进门只听见一片水浪般的钢琴声。这地方是一栋三层大楼，陈设完全西式，大宴来宾时，一楼大厅设桌摆宴，楼上就是个小小的跳舞厅。嘉臻静神去听那琴声，起伏错落有致，尤其拍子打得极好，时快时慢，令人渐渐欢悦起来。嘉臻慢慢打量起大厅的布置，四扇落地长窗的罗马窗帘全部高高束起，窗下齐整整摆了一道绛红的曼陀罗花，螺旋形的长楼梯用赤金丝带装饰起来，一直通向二楼的跳舞场里，楼外的月台上，四周是杨柳和梧桐树，这个时节，柳树正上新绿，垂垂拖着长柳，正披到月台上来。

嘉臻顺着楼梯走上舞场，侍应生捧了一盘着色鸡尾酒过来。嘉臻谢却了，挑了一杯红茶，慢慢地呷，忽而听得有人唤她的名字，转头一看，正是秦慕。嘉臻对那秦慕并不十分了解，只知她同睿昇较有话缘，睿昇也曾帮衬过她的两部电影，睿昇的红粉佳人数不胜数，嘉臻早也看惯了，对秦慕也并无他意。嘉臻瞧那秦慕今日装扮得很是出色，银杏色波纹缎的长裙，裙上镂着玉兰花瓣，挖着鸡心领子，露出那细嫩的胸脯上一串碧绿的翡翠珠圈，配着她的水蛇腰，削肩膀，频频引人注目。

那秦慕一个眼风扫过来，还带着点不解的风情笑道："何小姐，半天看不到你，怎么今日来得迟了？"

嘉臻微笑道："出门时忘了点东西，没法子，又绕回去一道，这才来迟了，对不住，等晚些时候请秦小姐吃咖啡。"

那秦慕潇洒地摆摆手，嘴角抿着一抹意味深长的笑，她轻轻道："噯，何小姐这样的贵人我可不敢敲你竹杠。迟便迟了，也没什么要紧。倒是吴先生托付给我的事情，让我这脑子里总紧绷着一根弦，不知何小姐是否同我一样？"

嘉臻暗想，睿昇托付给秦小姐的事，无非是替她牵个线搭个桥，区区一件小事，哪里值得她这样在意，还未来得及答复，四周众人突然稀稀落落鼓起掌来。嘉臻转头一望，原是今日的主角林先生夫妇从旋转楼梯上来了。

秦慕携了嘉臻上前去了几步，嘉臻放眼望去，那林先生看来极儒雅清秀，一身墨色的西装礼服，站在他太太身旁显得十分低调。那林太太一袭月白丝缎的晚礼裙，一半的背脊赤裸着，不对称的束肩丝带巧妙地系成蝴蝶状，脆弱地细细吊在那里，缀着透亮澄明的碎钻，两条白花花的手臂也露在外面，碧玉的翡翠手镯在灯下通透如冰，无名指上的火油钻很有分量，看似沉甸甸地嵌在指上，可待她一挥手，却又轻盈盈的。

那林太太的长裙上楼梯时不太方便，林先生便为她提着裙角，林太太低头一笑，更显得她那淡淡的长圆脸温柔可人，还有那细细的柳叶眉和秀气的丹凤眼，她虽不是瘦削的美人，肩臂都有些富余，可不大的年纪却有种莫名的丰韵。

掌声渐渐疏落下去，林先生夫妇微笑着相携走进舞池。嘉臻晓得，林先生的第一支舞自是要同太太跳的，这算是今日宴会的开场舞。那林先生绅士地揽住太太的腰，林太太笑着望着丈夫，她贴近他耳边，好似悄悄说了什么，两人会心一笑，实在一生一世一双人。

嘉臻不禁感叹："他们夫妇俩真令人艳羡，这样般配又这样好，真是一对佳偶。"

秦慕却转而看向嘉臻，低声暗笑道："这些公子哥儿们，表面上和太太如胶似漆，你就信以为真了？"

嘉臻有些惊讶，她挑眉道："怎么？秦小姐是晓得些什么？"

秦慕敛了敛神色，掩面窃笑道："只是风闻罢了，我只听得林先生同太太实际并不很好，林先生其实另有所爱，而且……很是深情。不过究竟是真是假，我也不得而知了。"

嘉臻愣了一下，不曾想这样看似完美的夫妇，竟也许只是做戏给人看，嘉臻不禁轻轻叹息。

秦慕打趣道："嘉臻妹妹，你也实在不用这样感慨，你这样的美人坯子，不管是站在吴先生还是林先生身边，都是绰绰有余的。"

嘉臻心内一阵酸楚，她不懂得自己在睿昇心里究竟是怎样的位置，他若爱她，为何舍得要她做饵，去钓林之衡上钩？他若不爱她，这许多年来的点滴又为哪般？她的命运，本似一盆死灰的炭火，湮灭了，凋朽了。可睿昇的出现带来了一星微红的火种，点醒她，燃烧她，甚至教会她爱。嘉臻微微颤抖了，她自嘲般笑了笑。

舞曲不长，须臾便已终了，林太太退了场，去为之后的宴会换衣裙，秦慕与同场相熟的几人絮絮聊着，嘉臻也受邀跳了两支舞。林先生周身总有人围绕，直至晚宴接近尾声，嘉臻才得以近身同林先生聊几句。

嘉臻将自己扮成做电影梦的年轻女孩子，囿于机会匮乏，便削尖脑袋想挤进大圈里子寻一个赏识她的伯乐。最近有不少世家出身的少爷们兴起和电影明星讲交际，尤其是像嘉臻这样的绝色。嘉臻最好的一点就是很了解她的长处——她的漂亮，跟着睿昇那么多年，她愈来愈晓得如何用自己的漂亮作为一种手段去打交道，当然她也有一点不好，毕竟还是妙龄的未婚女子，对于如此样貌的自己，也常常抱有过多空中楼阁里的幻梦。

秦慕显然是同林先生相熟的，她将嘉臻当作后辈引荐过来，闲聊新近要拍的电影剧本，她柔声细细道："不知林先生可有听闻，此番正筹备的新电影，是辰先生执笔的本子，很是不错的。"

林先生稍一挑眉，略显惊讶道："哦，之前我确是从子柏胞兄那里有所耳闻，只是未承想进行得这样快。"

秦慕巧笑倩兮："如今的电影业，遇到个好本子很不容易，我同何小姐都为能演到辰先生的电影庆幸不已。"

林先生随声抬眼望了嘉臻一眼，嘉臻无来由地瞬时感到有些窘迫，她下意识地扯了扯那金丝绒单旗袍上滚着的黑钻。嘉臻略微低头向林先生致意，林先生也欠了欠身，柔声道："何小姐倒是看着眼生，从前不常来吧。"

嘉臻"嗳"了一声，微笑道："我从江南来，到南都还不足一月。"

林先生也微笑道："何小姐原是江南人，怪不得举手投足清致雅人。"

嘉臻似是有些羞怯，低头道："您过奖了。"

秦慕见此情景，带着探寻的口吻笑道："我本约了何小姐后日一起练习剧本，早就晓得林先生于戏剧上颇有造诣，若先生不介意，可否为我们的新戏指点一二，还请先生一定不吝赐教。"

林先生淡淡笑道："造诣实在谈不上，只是从前念书时对戏剧很有些兴趣，多费了些时间在上面而已。若秦小姐信得过，林某人却之不恭。"

这已完全出乎了嘉臻的意料，他竟一口应允了下来，嘉臻心里一跳一跳，感到一切都如此顺理成章到了令人不安的地步。

那日见了面之后，接连一个礼拜，嘉臻每日都收到林先生托人送来的礼物，玫瑰花，香水，手表，珍珠项链……总之是女人会中意的小玩意儿，嘉臻也不见外，她一一收了下来。又过了些时日，林先生遣了人来邀她吃咖啡，她也应约去了，这样一来二去，她同他渐渐熟稔起来。

一日林先生来接她出门，碰巧外面下大雨，路上又是正挤的时候，她便请了林先生上楼在客厅小坐。一厅一室的小公寓里一灯荧然，杏黄的灯罩子，连光都是懒懒的，嘉臻同之衡单独相对，又拘束又近密。

雨水淅淅沥沥一直下个不停，不免有些等得无聊。嘉臻极少招待客人，之衡这一来，她蓦地有些慌张。她想起冰箱里还有些蛋奶冻子，便取了一盅，用碟子端了来道："不晓得先生爱吃些什么，我是个粗人，家里只有这些粗东西，先生还请别介意。"

之衡微笑道："这很好的，何小姐费心了。"

嘉臻垂首："您客气了。"说罢又忙着找出油布纸伞，雨再大，门总是还要出的。这日嘉臻在素色旗袍外披了件家常的蓝底碎白花织锦缎长袍，袍子做得略微大了些，下摆开衩，走起路摇摇曳地，倒平添一股娇媚，一回头，却看到之衡正向旁边打量。

客厅边角处有个圆形橡木桌，桌上摆着一小碟切了片的烘面包，旁边有个奶白的玻璃小罐，看样子像是自制的新鲜美乃滋。法国人的小发明，婾西最爱吃家里自做的，之衡也不喜欢外头商店里卖的那种现成的美乃滋，只因婾西总笑那有一股子蜡烛油味道。桌旁靠着个八角柜子，柜子上陈列着五彩斑斓的礼品袋子，带着各大百货商场醒目的标牌，似是连封都未曾启过。

嘉臻心下暗自懊恼，责怪自己无意的疏忽，正有些张口结舌，之衡转过头来对嘉臻微笑道："这些……何小姐不见得都喜欢，但谢谢你收了下来，让我的心意有了价值。"

嘉臻便也顺势微笑道："林先生客气了，这些礼物太贵重，我是有些受之不起，才放在这里，想着何时同先生见面时退还予您。"

之衡在那橡木小椅上坐下来，摘下的帽子搁在桌角，他穿了绛蓝的暗绸长衫，在窗边的余光里好似早来的夜色。他轻声道："不，是我鲁莽了，早知如此，宁可只送一件小姐心尖上的礼物，也不会拿这些来叨扰的。"

嘉臻连忙道："先生言重了，我所言并非此意……"

雨下得极大，天色也昏暗下来，仿佛有无数的粗白绳索从天而降，抽打在灰黑的柏油路上，窗子没有关紧，漏开的缝隙里不知何时传来些一扭一扭的歌声，忽高忽低回环不已，像只误入迷途张惶的信鸽。

之衡却看似毫未介意，甚至眼神里隐隐感到有趣，他轻轻笑了："何小姐也不必多心，我晓得小姐热爱电影，我倒有交往几个朋友是电影界的人，也许下次能介绍给何小姐认识。"

嘉臻赔笑道："真不知该如何感念先生，我这样的人，能得您青眼有加，实在是大大的幸事。"

之衡笑道："这是什么话，什么叫作你这样的人，你又是哪样的人？"

嘉臻也笑道："我这样的无名小卒，实在不足挂齿。"

之衡微微摆首："这话说出来，我第一个要反对，巧拙有素，小姐这般天赋，我虽不是慧眼，却也能识珠。"

嘉臻有些讶异："您是玩笑话吧？"

之衡望向嘉臻眼睛，轻轻道："怎可能是玩笑话。"

嘉臻低声道："我从来是个笨人，从没人看重的。"

他握住她的手，轻声道："现在有我了。"

雨连绵下了一夜，他亦留了一夜。

之后又见了几次，每次都在他安排的小公寓里见面，嘉臻从未提出过异议，她佯装着像所有名利场里追金逐利的花蝴蝶一样，她需要取信于他。

从前祖母在世时，嘉臻总听她说，一个女人一辈子，命好些，只跟一个男人，命不好些，跟许多个男人。初遇见睿昇时，嘉臻曾十分庆幸过，也把一腔深情全心扑在他身上，可日子久了，似是连她都不愿再骗自己。嘉臻愈发觉得自己似是有些《红楼梦》里秦可卿的样子，可她又不像那些有钱人家长大的小姐，因着没吃过生活的苦，所以无惧无畏，嘉臻则不然，穷困和饥饿，她都是晓得滋味的，也为着这一层缘故，她才有如今惯于隐忍的脾性。

睿昇来了南都，说是为公务来的，故而未知会嘉臻，只派了亲信侍从官来同嘉臻交换情报，也是不敢约见在公寓里的，找了个不起眼的咖啡厅，只简单几个卡座，嘉臻挑了最角落的一个，在不起眼里再不起眼些。侍从官也未停留，只递了封信给嘉臻，嘉臻看过便拿蜡烛烧了去。嘉臻挂念睿昇，他难得来南都一趟，上次在庙里为他求的平安符拖了许久也没送到他手上，她一直耿耿于怀。嘉臻晓得睿昇在南都郊外有一处僻静的别苑，之前睿昇曾携她去过的，虽然他也不定就住在那里，就算是碰运气吧，嘉臻还是去了。

幸好别苑里的老用人还认得她，絮絮将睿昇这两日的状况告诉嘉臻，嘉臻听得睿昇的头痛症又有加重的势头，暗自为他忧心，便径直走去二楼书房。书房的门紧闭着，嘉臻就在门边等候，等了好久不见动静，嘉臻心里涌起些惘惘的怅然，她索性侧耳伏在门上倾听，那高大的双开乌木门带着冰凉的气息，嘉臻听得门内有微弱的低声谈话。

"司令，此举着实冒险，若何小姐大功告成，您之后打算怎样安排她？"

一阵漫长的沉默。

嘉臻听得睿昇熟悉的声音淡淡道："那就……瘗玉埋香。"

侍从官又道："那若她失败……"

179

嘉臻似大梦初醒，她未再继续听下去。

巨大的异样的镇定一把笼住嘉臻，她转头疾步退回客厅，还不忘轻悄悄地掩上门，以免被旁人留意到她其实的慌张。她背靠着半扇玻璃，寂寂然立在那里，可怖是无形状的，因而又是千面的，此时此刻，它在嘉臻心里浅浅勾勒出了睿昇的面容。"他难道是铁灌的心肠，竟能做到这般？"她暗自想着，但也不过须臾，那骇骇然变成愤愤然，又一恍而成了恻恻然，嘉臻簌簌掉下泪来。

之衡前几日去了香港，回来后邀嘉臻看电影，吃了午饭出门，电影却在晚上，向来是这样的。先去了六国饭店旁的大新百货公司，陪欢场女子买东西，他似乎是个老手。嘉臻挑选珠宝，之衡便微笑着立在一旁随侍，像个好脾气鼓荷包的先生，嘉臻问他意见，不管什么，之衡都随口应道："好，好，你喜欢就买下来。"他向来是这样温润的，连床榻之上也不例外。

从百货公司出来又进到西餐厅去，新开的意大利菜馆，一张张铺着鹅黄格纹白布的小桌子，只够坐两个人。桌上点了只圆圆的小蜡烛，燃着橘红的光晕，衬得宾客们影影绰绰的，穿白衫裤的侍应生执了酒来，单手在玻璃杯里斟上潋滟的琥珀酒。

之衡的侧脸迎着烛火，他的眼睛低垂着望住她，嘉臻稍稍地颔首，光影衬托出她面颊的轮廓，使得她平时的怯懦化成了柔和的眼波，倒是有几分媮西的样子。之衡的神情不禁恍惚了一瞬，虽只一瞬而已，但那神情在嘉臻看来是一种温柔怜惜的神色。

在嘉臻看来，他的睫毛长长的，似扑火的蛾翅，他的眼眸中仿佛有深邃的洞穴，里面熊熊燃着火把，像是要将她囚禁在他的眸底。一种异样的感觉匍匐在嘉臻心头，似啮齿动物轻轻的噬咬，嘉臻霎时间有些疑惑，她几乎沉醉在这微痒的注视中。"这个人爱上我了。"她想。

带着颤抖的心跳，她忍不住去看之衡，可又怯怯于他洞明的眸光，她迟疑，犹豫，踌躇……不知怎的，睿昇的影子又不经意间浮现在她彷徨无措的脑海中，似命运的巧合般，她在睿昇的眼里也看到了那熟稔的鹰隼似的神情。嘉臻心下顿时有些凄楚，她连忙借故去洗手间，取出随身的镜子一照，一脸的绯红与不安，连右颊边几粒小小的白斑也透着微红。嘉臻匆匆补了一点粉，觉得不够，再补了一些，之后又重新搽了口红才作罢。

电影散场后之衡送嘉臻回公寓，夜色已深，路上寥寥行人，车子很快开到了公寓楼下，嘉臻却不急着下车，她似是有些犹疑又有些怅惘，她并不看向他的眼睛，声音里却带着一抹细细的悲凉。她喏喏道："进来吃杯茶吗？"

之衡迟了一刻方才应道："好。"

橡木小桌上齐齐整整放着两份杯盘，碟子里盛着配茶吃的酥油饼干。嘉臻捧着一只银顶雕花小茶壶，壶嘴和壶盖上都嵌着暗红的琉璃珠子。嘉臻执着茶壶倒茶，茶杯也是配套的，热茶袅袅蒙起氤氲的水雾。

嘉臻落座后，向之衡微笑道："晓得你爱吃清茶，我昨日买的雨前龙井，店里的人告诉我这是今年最新的茶叶。"

之衡并不答话，他抿着嘴角淡淡笑着，举起茶杯向嘉臻致意。

嘉臻也笑了，同他一起执杯，小小的银杯在空中轻轻相碰，发出清脆的"砰"的一响。

她举起茶杯，一饮而尽。

饮罢她慢慢掷下杯子，却瞧见之衡面前的茶水一滴未动，她不禁笑出声来。

她从随身的小羊皮坤包里取出个黑绸布包的木匣，匣子只有半掌大，她轻轻打开搁在桌上，那匣中静静躺着一只白玉印章。

之衡的私人印章。

之衡眸中有些颤动，神色却仍旧温润，似是根本未曾注意那只印章。他淡淡瞧着嘉臻手边的茶壶，亦微微笑道："鸳鸯双心壶，我从前是见过的，一壶双心，两样情仇。"他伸臂从她身侧拿起那只小银壶，左手执壶，小指轻轻抵住壶柄下端小小一个气孔，为她续了半杯茶。

嘉臻这才全然怔住了，她有些颤抖："原来……你早就晓得了……"

之衡点点头，他蹙了蹙眉道："除了未曾料到……你为何背叛他？"

嘉臻用力地忍耐着，她的每一次呼吸，都已隐隐作痛，她泪光点点："他从未真心待我，却换了我所有真心……我想报复于他，可如今……说到底，他并未亏待我，这是我应得的……"

嘉臻口鼻处流下一股细细的殷殷的血，似杜鹃泣残红。

之衡大惊，匆忙扯了手帕替她擦去，他急急道："你竟……"

嘉臻推却之衡的手帕，她用肘臂支撑着自己，轻轻道："你走吧。"

之衡缓缓起身，他望着她，似是有话要讲却说不出口。

他终是离开了。

之衡走后，过了许久，嘉臻才放任自己虚软在床榻上，浑身颤抖，她呕出的血染红了半张绣花软缎被子，使她看起来好似浴血的雏鸟。她的身体仿佛破了一个口子，所有的气力渐渐流失，她感到好累好累，真的想就此睡去了。

嘉臻慢慢闭上了眼睛。

幸好他不在这里，她暗暗想着，幸好他不在。

第十二章　明月多情应笑我

宋裕森是个高个子的年轻人，有赤金色的面庞，高鼻子，大大的黑黑的眸子，绫卿最初喜欢他，就是因着那双眼睛。他们两家本是关系极淡薄的远房亲戚，裕森年纪较绫卿略长，但论起辈分，他却要尊绫卿为长。宋裕森颇有些才气，中学毕业后一心想去国外读作曲系，奈何家境制约，他只好进了南都当地的学校，即便如此，学费仍旧要由他自己负担。他不屑于应酬交际，故而找不到什么像样的事。后来偶然听见宋老板想给自家念中学的女孩子请个教钢琴的先生，裕森家里得了这个消息便像掘了宝藏般，托了好几层关系百般辗转，裕森才去了宋老板家教宋小姐弹钢琴。

裕森因为经济的缘故常穿褂袍，但在绫卿眼里，那灰色的垂坠的绸衫，穿在裕森身上，极秀拔又极潇洒，就如南朝人赞嵇康"肃肃如松下风，高而徐引"。裕森是学校里的风云人物，他邀绫卿去看自己的演出。绫卿下了学后先乘家里的汽车回府，待用过晚饭后，再借口外出，坐裕森借来的脚踏车子去乐团。绫卿最喜欢坐裕森的脚踏车子，她能够将双腿在夜色里抬起来，想象自己在山间，在海里，微风追上她的士林布裙摆，似蓝鸽濯翅。裕森换了短衫，他汗湿的背襟有夏日甘咸的滋味，他的背宽阔平实，她不禁用双臂紧紧环住他。车子戛然而止，他的身体僵直着扭转过来，他望着她的眼睛，里面有闪烁的星空，他吻了她。

说来也巧，平日里绫卿练琴的钟点内，宋仕谦是从不去打扰的，可这天他却不知怎的，偏偏想来听听绫卿的钢琴。练琴间摆在二楼的套房外间，隔着一条走廊，便已听到流畅的琴声，宋仕谦心里很是得意，女儿于音乐上有天赋，是比进大学更好的嫁妆。琴房门没有关严，只微微透着一条缝，但房外却不见佣人候着，宋仕谦只隐隐觉得奇怪，没有多言便推开了房门。琴声掩盖了门开的声音，她紧挨着他，并排坐在琴凳上，他弹琴，她斜靠在他肩上，帮他掀琴谱，从门口悄悄望去，两人极静谧，极安好。

父亲自然是震怒的，绫卿却仍沉溺在她蜜糖般的爱恋里。她私下里暗暗同裕森商量，要他等一个好时机上门提亲，向她父亲信誓旦旦地许诺，他要娶她。她未曾注意到他的不安，也未曾留意到他的面有戚戚色，应承时的怯怯，她的梦还没醒。

又过了一段日子，时机还未等到，裕森倒提前收到了宋府的请柬，笺上写明宋先生想请他过府一叙。绫卿自然也是晓得的，她心里既焦灼又欢愉，甚至还带点不知所谓的凄凄切切，以她对父亲的了解，她深知这绝不是简单的一席谈话，可她内心深处却仍有缥缈的希望，虚妄地空空挂在心间，挂久了，也陡然生出些重量来，令她恍惚间分不出真假轻重。

父亲常用的会客室里有架黑色的雕花四扇折屏风，绫卿从没这样细致地看过这扇屏风。那用金线绣的凤凰仰着头，像是要振翅高歌而去，可绫卿晓得，它飞不出去，不但飞不出，即便死去了，即便朽掉了，烂也还是烂在上面。那一日绫卿感觉自己仿佛变成了那只垂死的凤凰，她躲在那屏风后面，手脚心明明冰凉刺骨，却仍一阵阵泛着冷汗。

隔着屏风，她听见父亲低声道："你同绫卿的事不提也罢，我倒是望你好好计划你个人的路。现下我愿资助你出洋进学校，船票也备好了，是下月初三。我只有一个条件，就是你从此同绫卿断开联络，再无瓜葛。"

宋仕谦说罢将一张薄薄的蓝票子放在桌上。

裕森瞟了那票子一眼，转而道："宋先生，我同绫卿……"

裕森话没说完，绫卿便听父亲打断道："今日的提议，不论你是否答应，今后你也不会轻易见到绫卿了。年轻人，我劝你还是脚踏实地一点，不要总想着一步登天，做人要明白自己的身份，你这样两手空空的愣头儿青，拿什么来娶我女儿？绫卿年纪还小，不谙世事，遇人不善，可我的眼里容不进沙子。"

裕森涨红了脸，使他那赤金色的脸酱成了金棕色："宋先生，我一向敬重您，可您这样说实在……"

宋仕谦摆摆手，示意他不必再多言，他伸手向船票一指："你的决定怎样？"

　　绫卿藏在屏风后面，额间沁出薄汗，她的心咚咚跳着，似是就要跳出胸腔来。她极力压抑自己，生怕会被父亲同裕森发现她的所在，她期待着裕森下一秒便撕掉船票，向父亲表明他对她的感情，她又忐忑又担忧。

　　要船票还是要绫卿？

　　宋裕森的双手颤抖着，那双纤长的骨节分明的手。许多次，这双手曾紧紧拥着绫卿，带着微热的濡湿，仿佛在说，"我一辈子也舍不得你"。而如今，绫卿隔着屏风上细细的缝隙，她看着他，用那双漂亮的弹钢琴的手，选了那张薄薄的船票。

　　那一日绫卿不知在屏风后立了多久，她躲在那小小的空间里，心如刀绞。直到日暮都已昏旧，房间里没开电灯，一眼望去黑黢黢一片，只有门缝透出一线红黄色的暖光，只有那一线，仿佛是天地接壤的世界彼岸，出去了便是另一个彻头彻尾全新的人。绫卿打开门，灯光如巨大汹涌的波浪迎面而来，将她整个吞噬而下，绫卿恍惚了，她发现她还是她。

　　之后也还是见了一面，当然不是偶然的机缘。绫卿写了许多信，没有一点回音，她又不好一人去家里找他，毕竟还有那么多双眼睛看着，最后只好厚了脸皮寻到学校里去。初夏时节，已能听到早蝉嗡嗡的鸣声，夹道的矮树上，大朵白花开得正香，椭圆形的花瓣，看着像是白玉兰。天色早已晚了，隔着花痕树影，裕森沉默在暗暗的月光里。

他似是有些愠怒："请宋小姐今后不要再放下身段来看我这样的下等人了。"

绫卿似受了重重的打击一般，她嗓音闷闷道："我晓得你心里不痛快……"

裕森垂着眼眸低声愤愤道："你父亲那样的人，永远也不能懂得我的追求，他不过就是个铜臭气的生意人。"

绫卿哽了哽，心中隐痛不安，她轻声道："你如此不屑于我父亲那个人，却还瞧得上他的钱。"

裕森抬起头来望向绫卿，他眸间似火焰缭绕："我只是一时失意不得志，从前还有韩信能忍胯下之辱，男儿当能屈能伸。"

绫卿的伪装早已溃败，她泪水满面，带着咻咻的沉重的鼻息："好吧……好吧……你有你的能屈能伸，既然你这样鄙夷我父亲的资助，为何还要选那张船票子？还有我……我们的事……你又为何……"

空气凝固着似冬日结冻的河面，夏蝉也似乎睡去了，一片寂寥的沉默。

裕森站起身来，他半个侧脸淹没在月夜的荫蔽里，冷冷道："随你怎样说，宋小姐若无其他要事，便请回吧。"

早些时候下过雨，空气里还剩着些不着边际的轻风湿雾，虚飘飘叫人浑身气力没处用，绫卿晓得她早已失去他了。她这才蓦地觉得满腔冤屈，气如山涌地哭起来。

裕森离开后，不过几个礼拜，绫卿便将同欧阳家的婚事答应了下来。她听佣人们闲聊，晓得裕森是去了巴黎，读他梦寐以求的作曲系。他如今活在现实的梦里，而绫卿却乱梦颠倒，心里早已声嘶力竭，表面却又讷懦安详，仿佛数星期内她已老了许多岁。

绫卿也曾消沉过，甚至于接受父亲的安排，嫁给欧阳家，也大半是对裕森失望的缘故，她赌气似的想，父亲的眼光总不会错的。结婚后，也有过那样一段好时光，让她觉得父亲的眼光实在厉害。她的丈夫像是上海广告画里的青年绅士，他记得她的生日，没有重复的礼物，一周里，有四天陪她吃晚饭，周日载她看电影。他们两个人时，他很温存也很体贴。他们一起的第一夜，他疼痛她的疼痛，他挂记她的感受，一切仿佛都很好。

发现他的秘密，绫卿全然是意外。

这日之衡出门得早，绫卿睡至午间，起来刚用了点细粥小菜，电话铃便一个接一个地响。原是个中学时一直追求她的人，刚从不列颠学成归国，还没忘掉她。可绫卿对那人的印象却糟糕透了，她懒得接他的电话，却又不好捅破脸皮，只好折中写个便条，告知他近来身体不适，不宜见客，望请见谅。沾着香水气的印花藕色信笺早已备好，她惯用的那支墨水笔却坏掉了。

绫卿便想去之衡那里随便拿一支用，家中的书房是之衡亲自布置的，四架红木立式书柜配着一套暗色的皮沙发，还有一套紫檀木桌椅，多少给人一种办公的感觉。自从绫卿同之衡婚后搬入这里，书房便几乎成了之衡的个人禁地。除了一些公事会在书房洽谈，闲暇时之衡也爱在书房独处。绫卿平日里也不去打扰，她信奉西方式的独立婚姻，即夫妇二人婚后依然保有私人空间。

绫卿很快找到了墨水笔，却因着不常到这屋子里来，兀自起了兴致上下打量起来，之衡办公用的物品绫卿本是一概不动的，但有一处却吸引了她的目光。那紫檀桌上原摆了一摞寻常书本文件，但那书纸底下却隐隐露着小半阙淡色的信笺，绫卿心下好奇，小心抽出来看，却是一封旧旧的书信。信笺既窄又小，一清如水的素笺，连暗纹都没有，但细白精致，写着秀气的墨蓝小楷，信也相当厚，竟有四页之多。

绫卿端详着那信笺，想是有人曾多次捧读过，以致连信角都已脆黄，但又因那信纸被保护得很好，故而一丝损坏也看不见。绫卿展信细读，心下愈来愈凉。这日她在他的书房里消耗掉许多时辰，那紫檀小桌已几乎千疮百孔，绫卿才终于打开了桌下隐藏的抽屉暗格。那暗格里装着满满的信笺，一样的白描素笺，每一封都收藏得极为完好，看笔迹是出自同一人之手。那厚厚一摞书信之上摆着一只绒线手套，那手套很是粗糙，针脚错乱，旁逸斜出，看样子很有些时候了。

绫卿怔怔看着那蹩脚的绒线手套，隐隐只觉得眼熟，几番思索，她才想起婚礼上他戴的那只手套。她虽之前也不很相信辰子枫那套敷衍的解释，说是青阳旧年的风寒手疾，如今想来，倒是完全说得通透了，那只手套，无非是对某个女人表明的心迹。而那个女人，正活在那一封封精巧的素色信笺里，活在那紫檀木抽屉上内嵌的暗锁里，活在她丈夫的内心深处。绫卿像被困在无边的浩瀚雨帘中，雨水一滴滴打在油纸伞上，发出一声声沉闷的击响，而她，无能为力。

即便有力可施，那又能怎样呢？绫卿重重地嗟叹，那样多思的心细如发的女人，一定是很爱他，才会写出那些细腻入微的温柔的话。他也一定是很爱她，才会那样珍贵地收藏她的信。他最大的秘密，无非就是那样一个女人罢了。

绫卿怔怔地坐在琴凳上，她要等之衡回来。她用一只手指弹钢琴，一个音一个音撤下去，迟慢地，混沌地，不知不觉，弹出的竟是电影 The Great Waltz（《翠堤春晓》）里的调子，裕森教给她的第一支曲。绫卿也不晓得怎么就弹了这支曲子，她只是不自觉地弹了出来。她还记得当时裕森的琴声，那时朝阳里的少年，黑色的学生制服，领口束得紧紧的，他明亮的眸子里似是有星辰闪烁。他坐在硕大的三角钢琴后面，望着她，爱着她。

*One day when we were young,*（若你我都还年轻）

*one wonderful morning in May,*（还记得那五月的美好清晨）

*you told me you love me,*（你对我说，你很爱我）

*when we were young one day.*（那时我们都还年轻）

*Sweet songs of spring were sung,*（当歌声如春日来临）

*and music was never so gay*（一切从未如此心醉）

*we laughed then,*（我们笑过）

*we cried then,*（也曾哭泣）

*then came the time to part.*（又到了离别的时刻）

194

*Remember, you loved me,*（曾记得你爱过我）

*when we were young one day.* （在我们年轻的时候）


绫卿就这样弹了一遍又一遍，她简直不能忍耐。

偏偏之衡回来得迟，晚饭摆在桌上早凉透了，用人已端去热了两遍，正当用人过来问绫卿要不要再热第三遍，楼下传来汽车驶过的声音。车灯上亮着的橙红色的光斜斜扫过玻璃窗子，之后传来门开的声音，皮鞋走路的声音，用人们同之衡寒暄的声音，黄色的电灯一路照上楼梯。

之衡一眼望到绫卿，她静静坐着，一桌的饭菜就那样徒劳地搁在那里，像哪个神庵里供奉的祭品。绫卿还穿着早上的浅米色乔其纱裙，她的头发也没有打理，鬓角处散落着些许乱发，这样素着一张脸，没了胭粉和口红，之衡突兀地感到她老了，也许是他从未认真地看过她。

之衡随手将外套丢在沙发上，对绫卿道：“你已吃过了吗？”

绫卿默然不语。

之衡蓦地有些讶异，挑眉道：“怎么？哪里有事不痛快？”

绫卿似是哽了哽，叹息道：“青阳，我读了你的信，所有的，那紫檀抽屉里的信，我全都读过了。”

之衡仿佛怔了一怔，不过一刹那而已，便又重新回到往日的神色，可他的嗓音却已陡然变得冰冷，全然不同于往日。他不看她，低声道：“明日我会遣人将书房打理干净，你喜欢那间书房便尽可拿去，那些信不是你应当过问的事。"

绫卿未曾料到，婚姻于她而言，终究不过屏中画、笼中鸟、梦中星，能够拥有，却从未真正拥有。她好似失了全部气力般，幽幽问道："她究竟是谁？"

之衡顿了顿，冷言冷语道："你不必晓得。"

绫卿沉寂了很久，一瞬间她猛然站起来，疯狂般摔砸一切目之可及的物品，烫金碗碟，工艺台灯，拨号电话机，黄花梨木小椅，水晶广口花瓶，舶来的英国茶具……用人们怯怯地立在一旁不敢上来，她失声跪坐在地上痛哭，像只破碎的瓷娃娃。

如此绝望又难以割舍的婚姻。

第十三章

**而今才道当时错**

午后时分，天色渐渐暗沉下来，带着一汪水阴阴的气息，隔壁院落里繁茂的洋梧桐树被风吹过来一片巴掌大的落叶，黄翠透明，有不匀称的棱角，隔着玻璃窗从婂西面前落去。窗子小小开了一点缝隙，一阵风夹杂着湿冷的水汽挤了进来，婂西这才稍稍感到了些许凉意。

　　她这日穿了件细窄的藕荷色织锦薄绵袍，底下没穿丝袜子，身上也没披毯子，平白地在窗下坐了好一会子。婂西竟没觉察到自己的冷，她手里紧紧攥着一封小小的镂花信笺。那信笺极细巧精致，有隐隐的熏香气，信封口上有秀丽的小楷，写的是"季婂西小姐玉启"的字样。正文不长，短短几句而已，可婂西执于指尖，却似有千斤重，她愣愣望着那信笺的结尾处，一个端正清秀的落笔，写的是"林宋绫卿"四字。

婠西小姐：

　　展信安，

　　仰闻婠西小姐才学久矣，匆匆奉白，冒昧叨扰，实属歉疚，然欲与小姐一叙之意实甚，故拟此函。

　　若承蒙不弃，乞会于南都长煦路绿夏餐厅（Green Summer），明日午时，恭候芳临。

　　即祝好。

林宋绫卿

敬上


　　不经意间，一只乌云盖雪的猫从窗台下跳上婠西膝头，打断了她的思绪，那猫喵呜喵呜向人邀宠。婠西别无他法，只好轻轻拂过猫的脊背，那绵长细腻的毛发带着安心的体温，从婠西的掌心暖到心间。这猫是之衡前日带回来，专为讨她开心的。自婠西住进梅林西苑，至今已有数月了，她平日里生活起居都有人照料，除却之衡有闲暇时携她一同出游，婠西无事便也鲜少出门，之衡念她长日无聊，特意着人寻了只猫来。

　　这猫似乎也有些冷了，躲在婠西怀里抖了个哆嗦。婠西正待起身去关窗，却不晓得什么时候常妈走了进来，正在婠西身侧不远处生起小小一个火盆。雪白的灰里窝着红炭，婠西随手丢了一只红枣到火盆里面，红枣燃烧起来，发出腊八粥的甜香，炭发出轻微的爆炸，淅沥淅沥，如同冰屑。

炭火似是烧得太热，噼里啪啦响个不停，猫有些惊吓，从婳西膝头跳下，一溜烟从门缝钻了出去。婳西急急去寻，刚下了楼梯，便听得有人在半敞着门的浴室里洗衣裳。婳西探头一瞧，原是做粗使的两个女佣，一个借着浴缸空着，正洗着今早换下来的床单，另一个躬着腰身，正刷着平日洗漱用的墨绿荷花手池。

婳西本无甚在意，正转身要走，却听得一人眯细着嗓子，悄声道："嗳，那常妈是欧阳家的旧人，晓得底细的，这才不会多说什么。可你要说她对咱们先生这些七七八八的事情不操心，那我可是一点儿也不信的。"

另一人回道："我听得上个月先生在长煦路发了脾气，那边的太太索性回了娘家。先生也不管不顾，反倒把长煦路那里伺候的丫头婆子开掉不少，倒是一副完全撒开了手的架势。"

这一人接着道："哎呀，到底是夫妻，这样闹下去要收不了场的。你说，先生这些事情，咱们这一位是晓得不晓得？"

另一人急急回道："自然是不晓得的，先生这样宝贝她，哪能让这些事情扰了她清净。依我看，按着先生往日脾性，跟那位太太是闹不到这一步的，可一旦牵扯到咱们西苑这一位，那就不好说了。"

这一人又压低了声音道："咱们西苑这一位，要说好是真好，模样秉性，哪一样都说得过去。二十出头的美人，好的出路多的是，可怎么就这么看不开，要跟着别人做小。"

另一人微微叹了口气道："再好的人，既做了个姨太太，便也就是个姨太太的样子了。"

婳西听了这一番话，靠着楼梯底下的廊柱子静静出了一会儿神，她想到之衡，想到自己，又想到信笺里那个遥远的绫卿。她感到一阵无妄的心酸，一抬头，不禁望到客厅墙上挂着的一只寒暑表，远看像个透明的玻璃小塔，太阳光照在上面，反映到沙发套子上是明晃晃的一块光，倒像真的出了太阳，但也不过是个假太阳。

婳西还是决定去赴绫卿的约。她换了身鹅黄细呢旗袍，松松笼在身上，又披了件灰白银鼠坎肩，拿了小羊皮坤包，头发梳起来，浮云度岭式的斜刘海。转身朝镜子里一瞧，她不禁自嘲般笑了笑，如今她自己看自己，也觉得多少有些姨太太风范了，倒也不怪别人背后嚼舌。

乘了汽车出来，虽已近午间，可街上行人稀少，如同大清早一样。也许是阴天，看什么都显得空旷凄凉，这一带都是淡青色的粉墙，因为潮湿的缘故，发了霉菌，看起来灰污污的。沿街种着小洋梧桐，一树的黄叶子，就像迎春花，正开得烂漫，一棵棵小黄树映着墨灰的墙，格外地鲜艳。

路上正巧经行过一家新开业的理发馆，澄明洁净的落地大玻璃窗，使人一眼就能望见里头绮丽的镜台，成沓的新画报杂志，以及吹风轰轰中，各式太太小姐们的嗡嗡笑语。前些日子，婳西本想将头发剪短了，烫出小小的波纹来，再学杂志上的电影明星，在耳后掖一大朵洒银的浅粉色绢花。

婳西问之衡意见，可之衡不愿她剪，他总觉得她从前的样子最好。像是不论她样貌年纪怎样变化，在他看来，也永远是她从前的样子最好。后来婑西索性也不问了，不仅仅是剪头发做旗袍这些小事，还有一些其他的琐事，即便是看似颇为要紧的琐事，只要之衡不提，婑西便也不问。她和他好像一同秉承着某种奇异的默契，仿佛她是什么都懂得他的，他不用提，她也不用问。

毕竟生在这世上，没有一样感情是完美无瑕的。

车子行得很快，婑西到时，时间还早，餐厅里只疏疏落落坐了几位客人，空气里若有似无地飘浮着很淡很薄的阳光。婑西远远望去，只一眼便认出了她来，也不知是什么缘故。

婑西只见绫卿静静坐在逆影之中，光线朦胧地笼罩着她柔软的轮廓，阴雨的天气使这光线散发着一种悲壮的苍白。唱片机里一张碟唱到尾声，颤抖着结束了，侍应生又换了另外一张碟，歌声在婑西背后渐渐响起，一个柔美的女声似梦呓般缓缓吟唱。婑西听得出，是不列颠的绿袖曲。

*Alas, my love, you do me wrong,*（我思断肠，伊人不藏）

*to cast me off discourteously.*（弃我远去，抑郁难当）

*I have loved you so long,*（我心相属，日久月长）

*delighting in your company.*（与卿相依，地老天荒）

*Greensleeves now farewell adieu,*（绿袖去矣，付与流觞）

*God I pray to prosper thee.*（我燃心香，寄语上苍）

*For I am still thy lover true,*（我心犹炽，不灭不伤）

*come once again and love me.*（伫立垅间，待伊归乡）

　　婀西慢慢向绫卿走去，这典型的英式小馆里，靠窗的位置上，摆着五六只木质高脚圆桌，铺着深绿的天鹅绒桌布，银质的花纹烛台有些刻意地做旧，烫花白瓷碟中小小一切三角蛋糕，瑰红的梅子酱夹在中间。绫卿倚坐在一只软垫高脚椅上，一手托腮，一手正执银匙轻轻拨弄蛋糕上那只奶油玫瑰裱花。她穿了湖水蓝的茜纱洋裙，别了翡翠胸针，那长裙一坐下便显得有些长了，裙角斜斜搭在椅脚上。

　　走近了些，婀西才看清楚绫卿的样貌。令婀西诧异的是，绫卿本人看起来同她曾在香港的中国报纸上看到的并不甚相似，同当初那张婚纱照片里的新娘子比较起来，此时的绫卿，不仅仅只是衣着上的不同，也不是因着她今日梳了高高的发髻，画了浓重的长眉，而是她眉眼之间的一些情形，同黑白相片里手捧百合的她很不一样，仿佛是一个人在恍然间，老去了。

　　正巧绫卿也望见了婀西，她起身微笑道："是季小姐吧，我认得你的。"

　　婀西犹疑了，她感到自己的笑意有些僵硬，立在那里仿佛手足无措的样子，她不知应称呼她作"宋小姐"抑或是"林太太"，最后只得向绫卿轻轻点了点头示意。

　　婀西旋即在绫卿对面坐下，侍应生捧了餐单过来，婀西粗略看了下，点了一杯咖啡。

绫卿柔声道："季小姐不尝尝这里的梅子酱蛋糕？"

婻西淡淡摆摆首，微笑道："不了，谢谢。"

绫卿轻声笑了笑道："那真是有些可惜，这家店的梅子酱蛋糕很有名的，若我没有猜错，季小姐爱吃梅子吧。"

婻西似是始料未及，颇有些疑惑道："嗳，宋小姐怎么晓得的？"

这话一出口，两人都怔了一怔。

婻西也未曾料到，情急中她竟下意识地称她作宋小姐。婻西自己也无法解释，也许只是想到她的之衡，也许是她内心深处的自己，令她无法将之衡同其他女人牵扯在一起。

绫卿倒很快恢复了原先的姿态，她也没有什么特别的反应，只是低了低头，微微笑了笑，轻声道："这有什么不晓得的，我们都是女人，只是有些事情，不晓得比晓得更好些。"

婻西听罢，抬眼去看绫卿，亦轻声道："宋小姐，您不妨直言。"

绫卿迎上婻西的眼光，她又是怔了一怔，微笑道："季小姐快人快语，我再要兜圈子便也没得意思了。我不单晓得小姐爱吃梅子，更晓得小姐几月前便已来到南都了。"

婻西心下一惊，虽来之前心里早有些准备，可也未曾想到对面这位看似文弱的林太太竟对自己的底细拿捏得如此透彻。婻西定了定神，慢慢呷了一口咖啡，咖啡还没加糖，一阵浓烈的苦涩令婻西不禁蹙了蹙眉。

绫卿掀开方糖罐子，在咖啡里掷了一颗，两颗，又一颗。她叹了口气，柔声道："自从那天，青阳回家来，在玄关脱了鞋子，我便晓得了。那是双杏黄的新皮鞋，上面却有细细两道白印子，像是猫抓的。"她抿了抿嘴角，以一种极认真的态度道，"青阳从前不爱穿杏黄的鞋子，我也不爱养猫。"

绫卿望向婳西，她的眼眸有一种说不出的氤氲，她加深了嘴角的微笑，继续道："有些事，青阳并未告诉我，但我仍晓得的。比如，他在西边的别院里种了一片梅子林。

"那片梅林的主人，是季小姐吧？"

婳西倏忽抬头去望绫卿的眼睛，却不料绫卿轻轻伸过手来握住了婳西的手。婳西感到她的手冰凉细腻，带着一股似有若无的冷香。

绫卿柔声细语道："今日我请小姐过来，并不是要抱怨什么。相反，季小姐同青阳的缘分，倒令我颇有些动容，一个人一辈子，能遇见一位像季小姐一样的知心人，这该是多大的幸事。"

见婳西未语，绫卿低了低头又道："许多人从不知晓，人世间最大的寂寞，不是形单影只的孤独，也不是身处人潮举目无亲，而是幡然醒悟才发觉，你在意的人，从来不懂你。"

她有些哽咽："若是我一直一个人，一辈子都如此，习惯了也就罢了，可如今……"

婳西顿时有些心下恻隐，急急道："宋小姐，我同青阳……"

绫卿却打断婳西道："我明白，青阳的心如今在季小姐这里，我要不过来了。可我只希望，青阳的孩子，万万不要因为他母亲的缘故，还未出生，便失掉了父亲的爱。"

宋绫卿的这一句话虽如蜻蜓点水般从婳西耳旁掠过，可落在婳

206

西心上，却犹如雷霆万钧。

绫卿用力握了握媮西的手，郑重道："我今日的话，倒是愿季小姐一字一句都讲给青阳知道。即便季小姐不说，我想青阳，多少也是了解的。本来我们两个夫妻一场，哪里又有那么多遮遮掩掩。"

从餐厅出来，乘汽车行了一段路，媮西便要自己下车走走，走了好一截子路，才知道天在下雨，一点点银丝细雨，就像是天气的寒丝丝，全然不觉得是雨。天老是暗不下来，一切都是淡淡的，淡灰的天空像个蒙了尘的玻璃罩子，笼着一家一家淡黄灰的房屋，阴雨天的街道好似淡黑的镜面，灯点得较往常早些，望过去已能远远看到几盏路灯，一霎一霎，亮在道路两旁，像无人的眼眸。

走了些许时候，道路渐渐窄了起来，也慢慢有了坡度，媮西已隐隐约约望见了那铁质镂花的双扇大门，而在那大门旁正遥遥立着一人，那人穿着暗灰的长毛呢大衣，窄窄的一张脸，眉清目秀的，一双眼睛黑黑亮亮。那人望见媮西，便立刻快步向她走来。

之衡就这样踏着落花似的落叶向媮西一路行来，他微笑着望着她，从怀中递给她一袋栗子，温热的纸口袋，在媮西手里热得恍恍惚惚，映着黑油油的柏油马路，她倒出一颗剥来吃，香甜的糖炒栗子，就像从前旧旧的时光。

之衡低头望向媮西，柔声道："路上买的，记得你爱吃，天冷，回家吧。"

媮西从随身的小包里抽出那封镂花信笺，信笺捏在手里半天，方才轻轻向之衡手里一送。之衡却不接信而接住了媮西的手，信纸

207

发出轻微的脆响，之衡低声道："对不起。"

婚西不禁簌簌流下泪来。

卧房里有一种别样的温暖清洁，常妈叩了叩门，她煮了桂花姜汤，端了两碗送来。之衡开了门，接过一碗，一匙一匙亲手喂婚西喝，白瓷烫金的锦鲤戏珠小碗里，刚出锅的姜汤升腾着桂花的香气。婚西的泪珠一滴一滴打在上面，之衡只得先将白瓷小碗放在书桌上，他拿过一件宽大的开司米披巾替婚西围在肩上，他望着她，将她的手暖在自己心口。

细颈大肚的长明灯，玻璃罩里火光小小的颤动像是水龙头拧不紧时嘀嗒嘀嗒的水珠，仿古的座钟，长方红皮匣子，暗金面，极细的长短针，嘧嘧唆唆走着，也看不清楚是几点几分。

之衡低声郑重道："等仗打完了，我带你走，去一个全新的地方，过我们两个人的太平日子。"

婚西轻声问："等仗打完了，就能去过我们两个人的太平日子？"

之衡看着婚西的眼睛，低声道："相信我，我会把一切安排好。婚西，你信我吗？"

婚西点点头："我相信。"

第十四章

情知此后来无计

她是他的红玫瑰，也是他的白玫瑰。

她是他的朱砂痣，也是他的明月光。

面对她的时候，他想做个好人。


念书的时候，之衡在伦敦进学校，经济空间的校舍，冬天的火炉总有问题，没有多余的钱住更好的公寓，继母苛刻他的用度，父亲又忙碌，无暇注意琐事。只有顶层的房间廉价，每到下雨的日子，房顶总有一角有些漏水，灰白相间的天花板被水浸透，有隐隐的阴森森的感觉，方形的水门汀窗台，铁质的黑色床沿，被潮冷的空气包裹着，带着淡淡的血腥味，像是生锈了。

从前总以为，伦敦是班扬笔下的名利场，城市里飘浮着中年人的腔调，务实又厚重，繁复又虚荣。之衡曾幻想过阴雨的伦敦，绿地上的红房子，维多利亚式的建筑，小巷拐角处逸香的咖啡店，幕布下的莎士比亚，阉伶人的高音歌剧。可他没想到，这些不属于穷学生，穷学生的世界里只剩下呼啸来去的地底电车，乏善可陈的白煮卷心菜，伦敦空白的凉薄的雾。

每星期一次在教堂举行的祈祷会是人最多的时候，结束之后，拥挤的人群从门口拥出。异域的喧嚣的人声，此起彼伏的浓重的腔调，英国人讲话总是抑扬顿挫的，之衡总听不惯耳，因而这样的场合，他并不常去。不是由于宗教的缘故，而是他总有种感觉，即使站在人群汹涌的最中央，仍感到孤独得冷到骨子里。

渐渐地在英国住久了，之衡在课余时东奔西跑找了些小事情做。他的成绩一向很好的，二年级便升为级长，有教授赏识他，推荐他在学校里实习，这样便又可以拿一份津贴。手头慢慢宽裕了，也慢慢结识了几个女朋友。现在笼统地想起来，虽都是些不要紧的人物，但毕竟是当时他年轻生命里不可或缺的一种尝试。

还有印象的，是个在英国长大的东洋女孩子，一身地道的英国做派。她虽是不完全的英国人，却比英国人还要英国化，只是迫于家庭的压力，她仍保留着她的东洋名字，上野优纪子，这是她身上东洋痕迹最重的地方。

之衡第一次遇见她，是在下课的回廊里，在来来往往的聒噪的学生之中，他同她擦肩而过。他转身的时候不巧碰掉了她的钢笔，她低头的瞬间发夹搅住了他的领带，简直是命运般的巧合，太巧了些。

她慌张地取下发夹，他俯身为她拾起钢笔，他这才有机会看看她到底是怎样一个人，怕她误会，不敢把眼睛完全抬起来。她是长挑身材，穿着典型的学生气的藏蓝斜纹布格子裙，短裙子在膝盖上头就完了，露着一双细长的灵活的腿，浅灰的羊毛线衣包裹着她小小的纤薄的胸膛，淡淡的棕黄的瓜子脸，前刘海罩过了眉毛，侧颊有笑涡，半长的直直的黑发一边被发夹别在耳后，一边坠坠搭在肩头。

她眯起狭长的双眼，向他微笑，她对他讲抑扬顿挫的英文："I'm Yukiko, you wanna a cup of coffee？"（我是优纪子，你想喝杯咖啡吗？）

这天又是雨夜，淅淅沥沥的雨滴打在玻璃窗上，像有节奏的琴键起伏。天花板的东南角又在漏雨，之衡在下面摆了只搪瓷白手盆接水，以免泡了木地板。老化的木板年久失修，更不好打理，雨水缓慢地一滴一滴从房顶噼噼啪啪打下来，楼下的咳嗽声在漫长的冷夜里分外分明，有种扰人清梦的烦忧。二手床垫上罩着棉布床罩，单调的深沉的灰蓝色，之衡侧躺着，怎样也睡不着，他了解她的名声，却仍旧无法抗拒。

学期大考前的最后一个周末，他同她约好在图书馆见面，他为她补习功课。他一直等她到九点，离约定的时间早已过了好几个钟头，窗外天色已晚，他以为她不来了，刚收拾好书本，站起身，他一抬头，她就站在那儿，望着他。她站在棕红色的拱形书架下，她的浅黄色和服上散布着大朵花草的模样，看上去就知道是很好的衣料。围在腰间的一根黑色腰带上印有铁锈红的蝴蝶，上面用一根嫩绿色的绳子系着，在腰围间映衬得非常显眼。她的披巾也是黑色的，黑色的沉重的绸缎，像所有洋画里的贵妇人，可眼神却是少女般清澈和幽静，这是他第一次见她穿和服。

她穿了木屐，踏着小小的细碎的步子，在之衡看来，她像富士山背阴处的雪景，有一种郁郁的美。

她拉起他的手，微笑道："Leave here with me."（同我一起离开这里吧）

小旅店的老板像是见惯了世面，将他们当一对年轻的东洋夫妇。也许是同别人一起赁房子住的，有些不方便，才到这里来，也因而没有随身携带大件的行李，毕竟又不是刚刚从东洋来。

欧洲式的小套房，墙壁上挂着十五世纪风格的油画，画的主题是哥伦布发现美洲大陆时的情景，有广袤的深蓝的大海，冰冷的黑色的礁石。壁炉上摆着两座暗黄的铜质烛台，熊熊燃着烛火，也许蜡烛只是为了酝酿中世纪的氛围，罗曼蒂克的红色的光晕。

他同她看似轻巧地说笑些无关紧要的琐事，但两人的声调底下却都藏着一种压抑的波动。他们一起喝了些杜松子酒，她脸上有微醺的薄红，她伸出一条腿架在之衡膝头，像个没遮拦的人，似是任谁都可以在她身上捞上一把。之衡伸过手臂去兜住她肩膀，她把脸倚在他身上，他吻她，他能感到他怀中温热的年轻的身体。

这一次之后，她渐渐疏远了他，之衡后来才晓得，原是她又爱上了新的人。她像猎人，追逐猎物，她也像收藏家，他只是她藏品的其中一个。为了她，他痛苦了相当一阵子，当他释怀的时候，他心里是懊悔的，他感到很不值得，也因而更频繁地想起从前楚义的

214

话，想起楚义心里那个人，他承认，在那一刻，他是嫉妒的。

楚义在离校园不远的地段买下了一层小公寓，一进门先是小小一个会客室，布置得很简单，透明的玻璃方桌，棕皮长沙发，白羊毛地毯，再往里走是一间相当大的起坐室兼卧室，左手边半弧形的阳台上，摆着成套的黄藤条椅和圆木茶几。楚义常在此招待同他相熟的朋友，之衡也在此之列。

之衡还记得那个初秋的午夜，在楚义的小阳台上，铁栏杆外一望无际，伦敦的晚景，灯火映着砖红色的建筑，远远的霓虹混合成昏红的夜色，晕晕的，地平线外似有山外山遥遥起伏，夜风披拂中，之衡同楚义侧倚着栏杆对饮。

之衡轻轻地叹息："这世上本没有爱情。"

楚义饶有兴味地笑道："二哥，看来你从那东洋女人身上好像领教了许多感悟。"

之衡微微摆首，低声轻笑道："根本不值一提，又何足挂齿。"

楚义略显惊讶，举杯道："本以为二哥这次是动了真心，原来不过也是玩闹而已。"

之衡笑道："动了真心，南山，这话虽说得轻巧，你可知到底何谓真心？"

楚义摇晃了下杯中潋滟的葡萄酒，沉默了一晌方道："忘不掉也放不下，只是单纯地挂念着她。"

之衡很是讶异："这么久了，你还记着她。"

楚义摇头微笑道："她是个极有意思的人，你永远不晓得她有多好。"

之衡似是有些不屑，南山心里那个人，在他看来，不过是个十几岁的纤弱的女孩子，颇有几分姿色罢了，哪里值得他这样珍重。

之衡点头道："既如此好，又如此不为外人道，我实在惭愧，请南山指教。"

楚义抿了抿嘴角，眼睛里带有一种得意的神色，他轻声道："她的好，就比如，只一件二蓝布大棉袍，她穿在身上，也同别人不一样。"

之衡不禁笑着打趣道："哦？是哪样不同呢？"

楚义斜眼睐了睐之衡，低头饮了些酒，他面色微红低声笑道："她干净，就像一朵梅子花。"

楚义又道："我同她的感情跟谁都不一样，因而谁都不能懂得，只等我回去见了她，她也见了我，就一眼，便什么都明白了。"

之衡虽面上只默默听着，可他心里却有些嘲讽。楚义的天真是孩子气的天真，他纯粹地爱恋一个人，就像孩童纯粹地依恋一只玩偶，但这并不是真正的爱情，只是不成熟的迷恋和占有欲而已。之衡渐渐地产生了一个疯狂的念头，他想亲自向南山证实，这世上并无那些所谓的真心。

多年后之衡客居琉岛，亚热带僻静的小岛。在一条长长旧旧的石板小巷子里，他偶然遇见一个穿长衫的小男孩，一个人单立着脚跳地上的砖格子，一左一右，一前一后，好像永不厌烦似的，永远在画地为牢的砖格子里辗转。憬然间，他觉得那个男孩就是自己，永远走不出来的自己，许多个晚上，夜寐不安时，他常常想起曾经

216

的自己，但唯一一件，他始终坚信不疑永不后悔的事，便是此时做出的这个决定。

他要将楚义心里那个人抢过来。

再次见到她，是在季府的客室。她穿着浅鹅黄绣蝙蝠的长棉布旗袍，颈间扣着珍珠，淡白的鹅蛋脸，微微凸出的孩童似的额头，配着灯烛照映，似是能从她那一双杏仁眼里看出灵气来，真的同小时候不一样了。

他发现，他还是喜欢较近古典式的东方女人。

他默默地望向她，是惊喜，是好奇，是犹疑，而她却直直问他道："你还爱吃冰梅子吗？"

他明白，她是将他认错了人。

可他已决定了，将计就计，将错就错。

他承认，最初他是存心要讨她的欢心。他只是执拗地稚幼地要杀一杀南山的少年意气，南山那些所谓的真心，他从来不相信。

他试探着接近她，揣测她，琢磨她，尽管她对他的好，他一一看在眼里，她对他的心，他并非感受不到。只是他像饥饿太久的孩童，恍然间面对饕餮盛宴，会直觉以为这不过是又一个海市蜃楼，因此他起意考验她，他将母亲的镯子送给她，他允诺她的等待，他在北平漫天的风雪中离去，留下她一个人，为他不堪盈盈重负的安全感，殉葬。

从前他为银钱掣肘时，冬日里也用冷水沏茶，清香苦涩都慢慢浮上来。离开她的日子里，他愈发感到，她也像茶，缓慢地不经意间沁人心脾。他越来越感到她的好，她为他做的菜，她为他缝的手套，她给他写的那许许多多的信，给她回信的时候他变得越来越快乐。他渐渐地有些沉迷，他常常思念她，可不敢去见她，他觊觎得太多，因而也受束缚太多。

她处在最艰难的境况时，他仍在他不安的天平上斟酌，但因他自己曾是穷学生，了解穷学生的种种艰难种种不便之处。故而他根本不敢想象，若她在银钱上困顿将是怎样的情形，他记得她是那么浪漫的人，又脆弱，又执着，她是受不了苦的那一种，他想，起码要在经济上保护她。

直到他得知南山在香港找到了她，一刹那而已，他那曾自以为傲的自制力溃败了。他曾可笑地以为一切尽在意料之中，却未曾想到唯独战争难遂他意，瞬时之间，那些空气里的激烈的电流，捉摸不定的感情的飘带，在他黑镜子一样的眼睛里显露了出来。南山像一切根源的火种，点燃了他心底最在意的燃线。他不敢去想，假若她所做的这一切，初衷都只是为了南山，他又该如何自处。嫉妒与恐惧纠缠发酵着，他发疯似的想她，他一定要找回她，他暗暗发誓。

只是时过境迁，媮西早已不在原址。又是乱世，战火四起，要在战时的茫茫人海中寻找一个人谈何容易。但他不愿就此搁置下来，他十分清楚，这样简简单单的一种搁置，也许让人觉得，重逢虽然遥远，却也有日可待，可事实却往往变成，从此以后，人各天涯，注定的遗憾，比悲凉更悲凉。

他不敢拿她冒险了，他要找到她。

他临时起意只身赴险，是从来没有过的事情。战时的香港，像混乱无序的围猎场，当局者与亡命者，一线之间，一念之牵，也许顷刻而已，他便自身难保了。

可她替他挡了那一枪。

她倒在他怀里的那一秒，他倏忽明白，没有什么还横亘在他和她之间了，除了他们彼此。也许他从来就是自私的，同南山的这一场战争，他赢得彻底，也输得彻底。

她重伤，他带着她逃出香港。沦陷的战区，不敢明目张胆，趁着夜色乘渔家的小船北上，扮作逃难的灾民在潮州过关。一连三天，太难了。他听到她虚弱地轻唤他的名字，他能感到她渐渐衰微的呼吸，没别的法子，他孤注一掷求得吴睿昇的掩护，他只要她活下去。

但等待婍西从昏睡中苏醒的那段日子，却是之衡此生最煎熬漫长的时光。他第一次感受到了深切的恐惧，他害怕她永不醒来，他害怕从此会失去她。她沉睡在混沌的病床上，几朝几夕不分昼夜，他陪着她，稠浓的情绪，像绞不干水的手巾把子，重重压着他。直到她醒来的那一瞬间，她问出的那句话，她望着他，她的手握紧他的袖口，她虚弱地急切地问他："你还好吗？"

像溺水的人冲出海面，她是他呼吸的第一口新鲜的空气。

哪怕这世上所有的人都恨他，他也一点都不在意，他有她的爱。

那一刻，他仿佛找到了他的真心。

婍西醒来的那个傍晚，之衡独自在街边走了许久，粤东乡下长长窄窄的青石板道上，只有黑铁电灯杆上低垂的光晕十分柔和。夜灯是橘红的，许多只灰褐色的飞蛾争相扑去，很壮烈很唯美的景象，令他感觉他就像一只飞蛾。

之衡忽然止不住地流泪，只差一点，他便失去了她。

放不下是什么感觉，他怕黑，偏偏她是灯火。

若她是光，他便是深沉的夜幕。她之于他，正如心脏之于麻木躯壳，灵魂之于行尸走肉。

在爱上她之前，他曾在黑暗里蛰伏已久。他曾经的寄人篱下，他曾经的贫寒交加，命运馈赠予他一颗坚硬的狼子野心。不是恩赐，不是惩罚，权权之争，他宁肯同吴睿昇合谋，陷大哥于危境，也不愿向父亲低一次头。将欲取之，必先与之，他怎会不懂吴睿昇的精明。一场十九经纬间的残酷棋局，活生生血淋淋地铺陈在他的生命里，要么成为棋子，要么成为弃子，除此之外，鲜有他路，但他都不选。

这条路是他自己的，他要自己执子。

同宋家的婚姻，是一场他永不会拒绝的合作。他明白他的功利和软弱，因而他从来不曾试图掩藏，而爱上她，是他唯一一次动摇。他曾无数次地幻想，有没有可能，如果他才是南山，这一切的故事会不会就此改写，他是否可以重新选择一次。而这一次，他要带她走，无所谓这一切究竟谁是谁非，他只要同她一起，过他们两个人的太平日子。

可惜没有如果，军阀混战，祸乱四起，各方势力虎视眈眈，他的境况已如鱼游鼎镬，朝不谋夕，就像戏台上的那句词，"今朝脱了鞋和袜，怎知明朝穿不穿"。

他已在这条路上走了太远了。

他是野心家，双手沾满鲜血；他有许多秘密，不能讲与她知；他是悲情英雄，从无路之中破开路走。

他有许多不可言说的欲望。他渴望权力，也渴望她，像渴望毒，亦渴望药，他是真的爱她么，也许他自己也不晓得，也许他只是爱他的欲望，而她是他欲望的其中之一。可即便她是欲望，那也是极美好的欲望，哪怕他早已病入膏肓，他也是绝绝割舍不下的。

她是他最美好的欲望，如梦如幻月，若即若离花。

他还记得小时候，母亲还在的日子里，那个夏末的倦倦的月夜，他同母亲搬了长板凳在后院乘凉，月亮很高很小，雾蒙蒙发出青光来，微小的星缀在旁边，一闪一闪的，像反光的玻璃屑。

母亲的叹息很细很弱，她先望着他微笑，又忍不住别过头去，之衡知道她在哭泣。

之衡用小小的手去揽母亲，他悄声道："不哭不哭，你瞧星星听见害怕了，躲起来不见我们了。"

母亲抬起脸来，一双大眼睛甜中带苦，她边点头边拿绢帕拭泪："嗳……"

之衡望向母亲，轻声道："星星看得见我们么？"

母亲的眼眶又红了，她咳了一阵，虚弱地抚着之衡的脸颊微笑道："青阳，以后母亲也会变成一颗星星，在天上看着你，你看到星星闪烁，便是母亲在同你说话。"

恍惚中是几乎一样的月夜，几乎一样的话。他还记得多年前那个北平的良夜，季府的大门前，婀西侧枕着他的臂，望着车窗外邈邈的星月对他道："人离世以后，会化成一颗星星，飞到天上去，如果你能看到星星的光，那便是这颗星星在思念着你，保佑着你。"

他抬头望了望那星光，对她道："如果有一天我离开人世，我愿做那颗最亮的星星，保佑你。"

而她摇头，更紧地搂着他的臂："我不愿你做最亮的星星，我只想你在我身旁。"

还有那个北平的雪天，黑色的车轮在白色的雪地上拉开两道突兀的印记，她兀自立在那里，望着他离她远去，茫茫风雪路，怅然天地间，明明几刻之前，他还同她一起的。

她抬头望他："那你多久回来？"

"很快，我一定尽快回来见你。"

"那我等你。"

"好。"

如果人与人的相遇是一种命定，那么离别与重逢都应算是一种无可逃避的巧合。有时候他想，会不会人生即梦，也许会忽然醒转来，发现自己其实是另一个人，虽然这一生的日子已经过了很久了，但有时候梦中的时间好像也相当长。

他同婀西之间，是一段美好的，甚至没有生老病死干预的，沉酣的梦似的岁月。婀西的早逝，像一坛酒过早地尘封了坛口，深埋心底，酒香再也尝不到了，也就永远忘不掉了，那些逝去的想象与怀念。

他心里永远是她最好的样子。

面对她的时候，他想做个好人。
她是他的红玫瑰，也是他的白玫瑰。
她是他的朱砂痣，也是他的明月光。

第十五章

落尽梅花月又西

那一天，刮大沙尘，天是昏黄的，关紧窗子仍是桌上一层黄沙，擦干净了又出来一层。

那一天，媾西的祖父出殡。

媾西没有去送，她一个人守在祖父的小花房里，望着后院的荒烟蔓草发呆。残破的碎石子路尽头，是个搭好的花架子，木柱子上的枣红油漆剥落了，去年的架子上也再没种花。当时媾西不甚在意，现在想起来，似乎祖父从那时起便很力不从心了。原来，所有衰败都潜伏在很久以前。

更悲哀的是，媾西仍然记得，从前这里爬满了深红的蔷薇，浅藕荷色的藤萝花，丝丝缕缕倒挂在月洞门前，两旁摆着盆栽的棕榈树。而今这一切都萧条了，其实祖父也不过走了半月而已。

可这短短的半个月间便已有许多微妙的变化了。就比如，家里本来守旧，自来水没有热的，媾西洗澡，一向由用人们烧了热水后，再一壶一壶打来，倒进浴缸里，这么多年一向是这样的。祖父过世后，嫦西再支使用人，总得费上一番功夫，底下人们都知道是季家要垮了，眼看分家了，明知是做不长的活计，便也渐渐地不上心起来。

这日家里请来的僧人们在前院里念经，暗暗哑哑瓮里嗡声的，嫦西听着觉得像极了在学校里看的东洋舶来的能剧。一种独特的鬼音，始终听着很远，可闻不可即的感觉。出殡回来，前厅里宾客盈门，二伯父一身缟素，在人群里你来我往，游刃有余的样子。后来听说，二伯父很愿意替人料理丧事，尤其讲究规矩应当怎样的，引经据典的，巧的是倒也真有人听他的，也许是祖父的丧事办得太好了。

傍晚时分，宾客陆续散去，沙尘将将停了，夕阳如雾如烟，前厅里粗糙的旧红木方桌上有香烟烫过的痕迹，北平式的红蓝小地毯上满是杂乱无章的脚印。嫦西坐在屋子的一角，两手绞着帕子，她穿着北派的素白滚边长袖旗袍，衣服像是匆忙赶着做的，腰间领口处都松松大出一截来，整一个垮垮地笼在身上，并没有刻意地打扮，只鬓边别了小小一朵白纸花，分明地俏素。

大伯父在灰长衫外套了件白小褂，他背着手绕着圈子踱步，沉默着，一脸的愁闷与无力，大伯母穿着绛蓝的短衫，挨着二伯母坐着，嘴角的肉垂下来，手上打着一件灰白的毛线衣。

二伯母斜倚在一张红木椅子上嗑瓜子，脚下一摊残碎的瓜子屑。她平时爱打牌九，更爱在牌桌上扯东道西。老太爷去世后，家里经济上倏忽一下吃紧许多，她便也鲜少打牌了，没有牌局的时候，她在家里成天躺在床上嗑瓜子，衣服也懒得换，旧了的长衫，袍衩撕裂了也不补，纽襻破了就用一根别针别上，只出去的时候仍旧穿得红红绿绿。她以为别人还瞧不出，她已是个落魄的贵太太。

二伯父拿一柄镶玉长烟杆儿，烟嘴倒扣在桌面上当当几声敲击，旧红木桌上多出一堆斑驳的烟灰，他拉长声音道："小侄女，别怪二伯说话不中听，如今这世道，就是这样的，要下手快才不吃亏，像是买东西，稍微看得上眼的，价钱就可观得很，不买又不行，以后还得涨呢。这两年也许还买得起，再过两年，怕是山是山、水是水喽。"

说得太过斯文隐晦，婂西一开始没听懂，之后才慢慢回过神来，不过还是唐家的亲事，唐家是发战争财的小药商，祖父一向瞧不上他们的。

婂西不禁有些骇笑道："二伯父什么意思，已经说得够清楚够明白了。"

二伯母也在一旁微笑嗫嚅着帮腔，她发福后的一张脸像个油光水亮的红苹果："虽说唐家是近两年才发达，但论根基论家底也算是不委屈咱们的。他们家大少爷年纪是大了些，可人品模样还是配得上的，他们还说，若是你肯点头答应，就把东边的宅子给你做聘礼。嫁过去也是住在外头，那么大一间宅邸，还不凭你当家做主，他们家里那位能管得了什么。"

大伯母一连称是，向婂西道："是这个道理的，你嫁了过去，穿金戴银，吃喝不愁。若是唐家再肯在生意上帮衬一下，我们脸上也有光的。就算你想出洋念书，他们也供得起，现在送女人出去也不是什么新鲜事，前两天还听说绸缎庄的王家少爷带着家眷一起出洋去了。"

婳西不禁心头一凛，话说到这里，他们的意思不能更分明了，虽一样是家眷，可她知道此时这个"家眷"是妾的代名词，"女人"想必也是指外室，像军阀的姨太太，照例总是送下堂妾出洋的。

二伯父沉了沉声道："你再好好想想吧，虽说答不答应在你自己，但二伯还是要丑话说在前头，你要接着念书，我们是没钱供的。如今老太爷也去了，这个家，今非昔比，你自己个儿好好掂量掂量吧。"

婳西眼睛里一滴眼泪也没有，宝蓝绣金蝶的手帕子在她手里绞了又绞，她心下忍了忍轻声道："我是谁也不嫁的，我用我自己的那一份钱念书，谁也用不着供我。"

二伯母细致的胖胖的脸上，眼袋忽然加深了，她尖直了嗓子道："哎哟，口气倒是不小，你自己的那一份钱，说得好听，到底是你自己的哪一份钱？老太爷在世的时候那么能花费，你还真以为他给你留下了几个钱。"

婳西急促地呼吸，哽着嗓子愤愤道："祖父留给我的，只要你们不插手，足够我一个人活了。如今你们败光了家产，才急着把我嫁出去做妾，好换一份可观的聘礼，你们这样狠心，真以为我不明白么！"

二伯父拍了桌子，烟灰撒了一地，他瞪着眼睛高声嚷道："我们败光了家产，你倒是说说，我们究竟败了几个钱。昧了良心的小兔崽子，白养活你这么多年，活该你有爹娘生没爹娘养。"

二伯母也啐了一口道："克父克母，有人家儿愿意要就该谢天谢地了，也不掂量掂量自己几斤几两，还在这儿挑三拣四。"

媊西气得两手发颤，手帕子揉成了麻花卷，她索性捂了耳朵，一径跑回西苑，瘫坐在桃花木椅子上，眼泪这才像溃堤的洪水猛兽，滚滚袭来。

刚刚二伯父的那句话，深深戳到了媊西的痛处，以前听张妈讲，是母亲生她的时候一口气过不来，死了。父亲之后去了外洋，最初也还从外国寄玩具回来，金头发蓝眼睛的洋娃娃，白丝绒卷毛的小狗玩偶，女孩子的蝴蝶结小伞裙。后来打起了仗，最厉害的那几年，父亲同家里的联络完全断阻开来，也不知是死是活。好多年了，终于得了一封信，信上说父亲娶了妻子，有了儿子，他再也没寄过玩具回来。

屋里没有开灯，门帘上挂着的镂空纱滤下的阳光洒在椅子背上，星星点点的，像漏网的虾米。影影绰绰间，媊西只看得见外间的门帘被掀起了一下，似乎是有个人走了进来，她哭得气滞声噎，只嚷嚷问了一声道："是谁？"

那人沉默了许久，才进到里间来，将一只暗色木匣放在小桌上。媊西抬头一看，原是大哥玮东，他穿着素白的孝服长衫，身上披着细呢格子外衣，脸上有惘惘的倦容。

大哥低声缓缓道："我私下里有笔款子，你尽管拿去用吧，学费应该足够了。只是，从今以后，你自己的路，定要好好想清楚。"

见媊西低着头没作声，大哥又道："我索性挑明了说吧，那林之衡，你别再写信给他，也别再等了，他马上就要结婚，娶的是南都宋家的小姐，我们都听说了。"

大哥的一番话，似乎不是意料之中也不是意料之外，婀西仿佛脑后受了一击，浮萍般无根无言地怔在那里。毕竟她写了那样多的信，他不可能一封也收不到，可他不回她的信，不见她府上的人，除了一心同她断绝往来，也实在没有别的解释了。

大哥叹息了一声又道："我晓得唐家的亲事你不愿意，可如今这个年头，一个没有依仗的女子，要找个体面的出路，难于上青天。别说现在老太爷不在了，就算还在，季家的药材生意一向传男不传女，你又能怎样，一样还是要嫁人的，你这又是何苦。"

婀西不是不晓得自己的境况，她同之衡过去的往来本来已是人言藉藉，早似乎是板上钉钉的事，可如今之衡另娶他人，还一直蒙她在鼓里。别人的闲言闲语，早已是说不尽的了。如今祖父也走了，再没人为她遮风挡雨，也许她应该像旁人说的，趁着年轻，找一个撑家的男人，一个安身立命的小神龛。

西式雕花柚木穿衣镜立在架子上，向前倾斜着，婀西能望到镜中自己的脸，她望见镜中的她自己摇摇头，对大哥道："这些我都明白，可我决定要走，我只有这一辈子，我不想祖父为我伤心。"

短短须臾，仿佛一切都变了，人心不古，世态炎凉。从前只觉得是书里的句子，而今婀西却感到，只有白纸上写的黑字是真的，那些书页里几十年前几百年前生的霉，现在读来竟还是那么鲜活生动，——映现在婀西真实的生命里。

急用钱的时候才晓得钱的珍贵，婾西想着要将自己所有不常用的珠宝首饰换些钱出来，像那些白玉耳环，紫玛瑙垂珠手镯，未镶的小红蓝宝石，翡翠串珠项链，索性一股脑儿全都当掉卖钱。婾西将它们一一放进盒子里，不忍地摩挲着。那白玉耳环嵌在小金钩子上，没穿耳朵眼不能戴。婾西怕疼，许多年来一直没戴过，想到今后或许再也不能戴上这样品相的耳环了，她禁不住拿起来在耳边比来比去，碧白的玉坠在墨黑的长鬈发里摇曳了几晃，像夜空里一晃而过的流星，终究是留不住的。

北平酿雪的天气，才过正午，天色便已是半黑了，阴冷冷的，坐黄包车走长路更是冷。婾西将一只烤火用的手炉装上炭，放在膝盖上取暖，不小心把自己身上穿的绸蓝锈金褂子烧了个洞，从前都是用人们替她备手炉的。婾西将烧坏的褂子举起来，对着微弱的阳光眯着眼睛看，洞边像月华似的一圈圈青白，中间焦黄，一戳就破了，露出里头嵌的薄棉。乍一看，倒更像月亮了，白色的孤月，也许在洞口上绣朵花还可以补救，婾西想着，以后就要靠她自己了。

唐家大宅里铺着赤凤团花暗金色的地毯，火炉烧得很旺，浓香中夹杂着一丝陈鸦片烟微甜的气息，里间传来轻微的碗筷声和笑语声，婾西简明地说出来意，怎么样也是抬不起头来，似是有千斤重。

就这样退掉了亲事。

回来的路上也坐黄包车，风大，车夫把油布篷拉上挡风，走了好一阵子，才进了一条长巷。车夫停在两扇暗红漆大门前，门口垂挂着的一整排朱红灯笼上写着大大的“季”字，灯笼虽有些破败了，可仍灯光雪亮，西北风呜呜地吹，吹得地上一尘不染。付了钱下了车，婉西伶仃立在门前，心里清清楚楚地明白，这家，到底是回不去了。

家宅卖掉的那一天是很好的晴天，抬目远望，无尽的天色远处是浅碧的西山影，比起之后婉西在香港看到的，满山的杜鹃花映着的瀚蓝的海还要辽远。

婉西犹记得，小时候也是这样一个晴天，祖父带着她去天桥逛游艺场，看木头人戏，买冰糖葫芦给她吃。遇见捏糖人的小贩，婉西吵着要买小糖猴，买回家里几天舍不得碰，只看着它便开心，那时的快乐好简单，那时的快乐只是小小一只糖猴子。

季府对街的一排屋瓦上积了薄薄的雪，在阳光中已几乎融化了，红瓦背上亮莹莹的，洼处依旧雪白，越发红的红，白的白，远远看去倒有一种别样的壮观。这边季府的门口大敞着，用人们裹了包袱——离去，季全同张妈都回了乡下，车马交错往复，行人去去来来，眼看他起高楼，眼看他宴宾客，眼看他楼塌了，令人不胜唏嘘。

大伯父一家走了，二伯父一家走了，婉西一个人伶仃立在原地。她死死握着腕上的翡翠玉镯，风大，吹得眼睛一阵阵发涩，眼泪都吹干了，哭不出来。婉西扶起斗篷领子，黑丝绒斗篷里子是深紫色的丝绸缎子，她以为他会出现的，她仿佛能看到他浓雾般的黑色的瞳孔，也许，他会望着她的眼睛对她道："他们都走了，我还在这里。"

原以为能够什么都不信，只相信他，偏偏最终是他失了信。

一番收拾下来，婉西全部的家当，不过两口箱子而已。因着北平较偏内陆，没有海运，婉西要去香港，先得坐火车，从北平到天津，再从天津的港口搭渡轮到上海，从上海再往香港，这是实实在在的一路奔波。

船票拣便宜的买，一家小挪威船公司的渡轮，专跑南中国海上的航线。船只上狭小的二等舱，一溜三四间舱房，墨绿漆的铁架上下铺，墙上倒挂着衣架钩，铁三角架上支着个白铜脸盆，夜晚熄灯后还有热带硕大的蟑螂。一整个二十世纪三十年代的氛围，像毛姆描绘的世界，就是这样了，就是这样一艘略显寒酸的渡船，载着嫣西漂洋过海，身后是回不去的故乡。

许多年后，嫣西仍常常梦见这一幕，梦到她只身一人，背井离乡，带着两口笨重的黑皮箱子，还有她踏上甲板的第一步，广东裔的小仆欧，整张脸晒成淡棕色，穿及膝的长白衫，低眉顺眼地替她搬行李。嫣西不好意思不多给些小费，两张钞票一出手，仆欧会意地朝她笑笑。嫣西不禁打了个哆嗦，心疼得要紧，这一路要花费的地方不知有多少，这才是个开始而已。忽然间，她很想就此逃开，抛下那些所有过去的摧枯拉朽的伤痛与悲哀，自私地逃跑，可转念细细一想，又能逃到哪里去呢？

到了香港以后才了解，这里的经济程度一天涨过一天。当初随身带来的一些银钱器物，用的用，当的当，还有一些也在旅途颠簸中磕碰坏了。没有理箱子的经验，总要吃些亏的，本以为马上就要为银钱困顿了，嫣西却在理箱子的时候突然发现，临行前，大哥玮东不知什么时候偷偷给她箱子里塞了一块绣牡丹的红手帕，里头包了三块金条。

倏忽间遇到这样一笔意外之财，媮西不免心下訇然，全是巨大的惊喜同悲哀，想来这一路几多颠簸，这几块金子也实在是她仅有的一点温暖。很久之后，媮西终于了解到，那笔解了她燃眉之急的学费原是之衡的心思。她愈发地觉得，这小小几块金子，也许就是大哥同她今生最后的情谊了。

　　在香港安顿下来后，媮西住在校舍里，三层楼的水门汀建筑，灰白的裸墙刷了砖红的漆，修女督导的女生寝室，每两人一间卧房，有单独的盥洗室，每周五要做礼拜。媮西来得最早，第一个住进校舍。空荡荡的床帏，淅沥沥的雨夜，新换的床单，脱掉衣服往被窝里一钻，只感觉雪洞一样清洁又清冷。睡梦恍惚中媮西仿佛见到了之衡，他仿佛还是原来的样子，还是北平原来的那个雪天，他望着她含笑，他眸色深深，他对她低声道："媮西，你可愿等我。"

　　她重重地向他点头："我等你，我永远都等你。"

　　他将一只翡翠玉镯戴在她的腕上，他微笑道："我很快就回来，很快。"

　　她恍然间醒来后快乐了好久好久。

　　但这样的梦只做过这一次。

　　在香港，广东话和英文是主流，讲国语总要悄悄地，怕被旁的人听到要嚼字。刚刚到香港的日子里，媮西适应得很痛苦，甚至于有些抗拒开口讲话。直到她遇到墨棋，墨棋是转校生，从南洋过来，正好媮西的寝间有空位，墨棋便被安排与媮西同住。

　　两个女孩一间房，熄灯前上床后最是热闹。墨棋总喜欢在蚊帐里大发诗性，大声吟诵她自己即兴编的打油诗，偶尔还戏瘾上身，模仿修女督导们说话的腔调，媮西常常笑得肚痛。窗外的黑暗中有鸟声呜呜，寝室没装纱窗，晚上睡觉只好留一点窗隙，风从缝隙间吹进来一阵阵南国绿野的潮热气息。

那年她们十八岁，墨棋爱上了戏剧部一个高年级的法律系男生。他在莎士比亚的《仲夏夜之梦》里演一个配角，一个年轻的十六世纪的贵族，戴着扑白粉的假发。墨棋想要同他认识，刻意装出偶遇的样子，拉着媮西一同躲在礼堂后台的门后，等着他走出来，计划着演一场令人心动的忽然相遇。只可惜最终也没遇上，好像是演员们一起从另一道门离场了，虽有些失望，却也没有很扫兴。墨棋同媮西看了戏后漫步走回校舍，心潮仍旧澎湃不已，毕竟，还是第一次尝到这荡人心魄的滋味。

墨棋钟爱大餐堂的西米露，从来只有晨间供应，墨棋又常常赖床，媮西便甘心为她代劳。透明的小杯盛着米白色的乳酪似的西米露，红红的一点樱桃嵌在正中，墨棋每吃一口都要对着媮西开心地笑一下，真是太可爱的人。因为一个人，与一座城的关系都变了。

湿热的香港午后有令人慵懒的阳光，媮西同墨棋常在午后一起闲谈。墨棋是毫不掩饰她的忧虑的，她来读大学就是为了找个好人早些嫁掉，她是混了几国血的杂种人，自知在香港这种地方最不易嫁。可她家里也看得明白，越是怕女儿嫁不掉，越是要趁早，二八佳人谁不喜欢，即使不是佳人，可十八无丑女，这句话总错不了的，再说墨棋的相貌也并没有拖后腿的嫌疑。

墨棋也知晓媮西的心结，可她总爱装作很不在意的样子，摆手笑叹，安慰媮西道："媮西你太小了，不是年纪上小，是心里太小了，小到只够放一个人，可没有一个男人值得你整颗心放着他。"

这句话媮西一直记得，直到几年之后，当媮西早已离开香港，她仍旧多次想起墨棋的话，也不知墨棋如今是否找到了那个值得她用整个心放着的人。

在梅林西苑，媮西倒是收到过一封墨棋的信，从马来亚寄来的，信封经历了长途奔波，早已破旧不堪，还好其中的信件未损。墨棋写到她在马来亚一切都好，正计划待战事结束后再回香港去。媮西晓得了墨棋的安危，这才一颗心放下了。

媮西也常常想，自己这一路行来，如果不是战争，也许她的日子就在香港平稳地过下去了，可战争像无定时的闹钟，为媮西带来了那样仓皇的久别重逢。

在离开他的日子里，她曾经的痛苦像一座日夜不停的钟表，嘀嗒嗒在脑海中起伏，没有一点空隙。睡时它在枕边，醒来仍在枕边，太想他的时候，她会写他的名字，不停地写，像从前在北平的时候，一张信笺满满全是他的名字，也像学校里的外国老师要动不动罚写一百遍，写的时候要左手盖着，怕有人看见。写完的时候，也怕人看见，皱皱地团成一大团，又舍不得扔进纸篓里。只好锁进抽屉里，桌面上仍摆着那些无关紧要的紫檀面的碑帖、砚台、青玉印章盒子和冰纹笔筒，谁都不晓得，最重要的会是那团皱巴巴的写坏了的信笺。

在梅林里住着也像住在钟表里，嘀嗒声特别响，总觉得时间在过去，而不清楚是什么时候，尤其和之衡一起，更像在梦里，太好了，简直好得不真实。

他们并排躺在床上，她的脸挨着他的肩窝，她能感觉到他胸腔的起伏，他喘息的急促。她抬眼望到床帏粉橙色的珠罗纱帐子，还记得她曾抱怨太俗艳了些，可之衡执意。他其实很少违拗她的意见的，他只是觉得这颜色像新婚的夫妇，每每看到心头每每开心。她不禁想伸手去揽那垂坠的纱帐，像揽一把流沙，像掬一捧水月。他转过身来，在黄昏中久久望着她的眼睛，他别过头来吻她，像山的阴影，黑下来的天，直罩下来，她是他的了。

不知从什么时候起，她的身体有了一些微妙的反应，这其中的缘故，只有她同他知道。

再等到初秋的夜晚，外头冷得舒服，昏暗的街灯下，寥寥行人寥寥车辆。她便挽着他一直走到街心去，空阔的沥青柏油马路长长地延展至尽头，人行道上还映着霓虹灯影，她同他走在城市里疏朗朗的星尘下。一次媮西不小心被一颗石子绊了一步，还好之衡在身边扶住了她，媮西不禁跟他讲起从前的趣事。

还在香港的时候，学校建在山间，因着打仗的缘故，上山的道路失修，有许多小坑洞，下了雨会积成浅浅的水洼，为了省电车钱，媮西总徒步走山路。有时候天色已晚，不小心一脚踩进水洼里，会惊得一跳，把手里的灯砸了，只得摸黑回来。不过之后便好了，路走熟悉了，该避开的坑洼都晓得避开，她很高兴，再也不会摔灯了。

媚西本以为，之衡听后会同她笑一笑便过去了，她没想到他那样内疚。

　　她从未告诉他，其实战事一缓，信一通，她便从报上看到了学校复课的消息。若她当下便返回学校去，仍旧维持着原先一样的成绩，毕业是一定的，甚至会被推荐出洋，都不是妄想。但是她如今年纪长大了几岁，再走这条路，千山万水的，心早已定不下来，她已不是茕茕孑立、踽踽独行的一个人了。

　　如今，她有她的之衡。

　　他的情形，她多少是了解的。其实她几乎有些感激绫卿。如果没有绫卿，媚西也许还不知道，原来自己这样无法割舍他。当她下意识地为他挡了那一枪，她就明白了，他的一切，好也罢，坏也罢，她都愿意接受。

　　媚西也想过，若是最后战败了，他要逃，做一个真正的亡命者，那时候，她应当怎样随他亡命天涯。她想，要他销声匿迹一定是极艰难的，他的风度是经意培养起来的，那么多年，那么长的时间，最终才成就了今日这样一个人，怎可能改得掉。但她愿意同他吃苦，只要是他，她怎样都是愿意的。她遇到他，像陷进流沙里，从前一切可能的想象都不复存在了，他就是她所有的想象。

　　曾经她一直憧憬，依偎在他身边，只有她同他一起，只有她同他的太平日子。

　　只要他爱她。

　　"爱你没有太久，是我不算漫长的一生。"

第十六章

何处云归何处去

如果可以选择，他愿意永远活在夏天。

可香港陷落的时候，正是十二月的南国的冬。

战时的浅水湾饭店，楼上的客房里没有一点掩蔽物，因而打起仗来便容身不得。楚义尽管拖着腿伤，却也不得不带着媮西躲下楼来。隔着荫绿的棕榈树和洁白的大理石喷泉池子，餐厅的波斯地毯上汪着暗红的半凝固的血。不幸的遇难者身后，是一排衣着考究的客人们相片一样笔直地背靠着墙，头发蒙了灰尘，衣襟蹭了褶皱，不绝于耳的枪弹声中，他们脸上是难得的众生相。

饭店外面靠海的一带，遍铺着横七竖八的割裂的铁丝网，还有一堆堆的糟污的麻布沙袋。那些戴着铁帽盔的英国兵就在沙袋上支着机枪，枪子儿像除夕的鞭炮，热闹极了，一颗颗穿梭往来，打得里头外头的人都无路可走，逃无可逃。鲜艳的野火花的季节早已过去了，可不远处还留有未凋落的残骸。

楚义躲靠在一扇能望到海的窗户侧面，虽是在打仗，可从窗户小小的罅隙里望出去，仍然能看到，外面是极好的晴天，人世间的种种怨愤纠结，老天爷是不管的。楚义一只手臂撑着墙沿，另一只手臂揽着婳西，转过头来他能闻到她衣上的皂香。婳西背光立着，微微昂起的晦暗不明的脸上，她似乎望着他含笑，一种听天由命的淡泊的笑。她的一切似乎都对他有着奇异的魔力，这一刻她的微笑，令他怔怔地看得出神，窗外那些激烈的炮弹声仿佛隐去了，那些远处恍惚的波光海浪和鸟鸣啁啾似乎也更模糊了。他的眼里只剩下了，她，和她的微笑。

冬晨的银雾渐渐散开，激烈的酣战熬干了，空气里只残存着焦煳的火药味。趁着难得的停战间隙，困在饭店里的人群纷纷急着向城中逃命。楚义的汽车被高射炮炸毁了，他同婳西只得徒步前行，走了几十里山路，他的脚被皮鞋磨得起泡，更艰难的是他受伤的腿，婳西已快要挽不住他了。两人在山麓间歇了歇脚，望到不远的山上有几处房屋在燃烧，股股的浓烟把天上的白云都染黑了，可太阳仍是缓缓地，不急不忙地移过山头，仿佛什么都不关它的事。

楚义同婳西正待重新上路之时，凑巧遇到一家逃命的难民。一对农人样的夫妇带着他们出生未久的小孩，丈夫牵着马匹，妻子抱着孩子坐在板车一侧，另一侧是他们不多的几件细软。楚义见状，极力要求买下他们的马车。劫后的香港，物价飞升，从前流通的钞票货币全不作数了，人人只认金银珠玉，像是一晃回到了革命前的

244

旧朝代。楚义本想拿自己一只金怀表以物易物，可那农人却似乎很不愿意，像是嫌少。媮西又将自己的翡翠镯子和珍珠纽扣一并搭上，那农人才应了下来，将换来的财物收收好，拿了细软，带着家眷走远了。媮西扶着楚义在板车上坐下，山路上满是炸裂的坑洼，坑洼里是石子的碎屑，马车跑起来颤巍巍地颠簸，车上的人像犯了晕船病似的难过。

　　乱糟糟的西山小筑里，原本新打了蜡的地板，被驻军糟蹋得一片斑驳，收拾整栋房子用了整整两天的时间。白天里忙忙碌碌的倒也就混了过去，不觉得有什么，可一到了晚上，在寂寥的死的城市里，没有灯，也没有人声，只有莽莽的寒风，楚义蓦然感到那平淡中的恐怖，倏忽打起寒战来。

　　媮西刚用煤气灶煮了两只番薯，她搬过椅子坐在楚义身边，一点一点替他剥番薯皮。楚义不禁将头侧靠在媮西肩上，媮西的声音暗而轻，像飘在空中的尘灰调子，她对他道："一切都会好的，一定会好的。"

　　这是他们在西山小筑的第一餐饭，他们并排坐着，肩靠着肩，手挽着手，一边说话一边吃白水煮番薯。窗外不知从哪里传来些断断续续的敲梆子声，一声一声，声声入耳，就像多年以前，那个北平夏末的良夜，那小时候的他同她。两个人一起吃一碗鸡汤面鱼儿，还有张妈做的杏仁豆腐，有一种北方小户人家的情味。想到此处，楚义不禁感到一阵天长地久的安心。

　　然而沦陷的香港兵荒马乱，一切都是畸形的，住下去终归不是久长之计。市场上一块猪肉比金子还贵，一把米要计划着吃两天，夜里还不时会有日本兵开着车轰隆轰隆到街上，半夜三更敲锣打鼓，挨家挨户搜查花姑娘。后来只要一听得汽车驶进，楚义便慌里慌张地赶忙将电灯绳子一拉，室内一片黢然，月光映在他同媚西苍白的脸上，两人相视无言，只剩下些单薄的悲哀的恋恋之情。

一次赶上日本兵轰炸邻近的军事要塞，炮弹声彻夜未停，房顶簌簌落着灰尘，媚西惊吓得手脚冰凉，楚义便陪着她坐在二楼转角的楼梯阶上。两个人裹着一条厚重的毛线披风，黑黢黢的房子里不敢开灯，只有窗外伶仃的孤月，隐约的白光，南国的凛冽的冬。天冷，楚义从卧房抱了床棉被下来，为媚西披在身上。他隔着她的棉被拥着她，她也伸出一只手来握着他的手，两个人分享着彼此仅有的温度。说不清楚下一刻会怎样，而这一刻她只有他了，他也只有她。

打仗的时候，整个岛上的物资粮食实行配给制度。楚义同媚西避在西山小筑，买不到菜籽油，只好用亚热带的椰子油烧菜，吃起来有股挥之不去的蜡烛油味。楚义起初吃不惯，可越到后来越发现，椰子油竟还有一种独特的寒香。战争期间也买不到牙膏牙粉，楚义只好凑合着用洗衣的粗肥皂擦牙齿，擦得一嘴的苦碱味道，他也不介意，好歹，他有他的媚西。

仗打了几日，流弹消停下来，一个昏黄的薄暮，楚义从街上买菜回来。一楼客厅里暗沉沉的，只有半扇开着的窗，媚西便坐在那窗子下漏进来的一束光里缝衣服。她微微低着头，长发随意在脑后绾了个髻，几缕发丝垂在鬓旁。他望着她，舍不得移开自己的眼睛。

楚义很想告诉媺西，她其实是那种不晓得自己好看的人，她很少在穿衣镜前端详她自己，也许也很少有人告诉她，她的东方式的窄窄的眉，杏圆的眼，那是一种参差的对照的好看。

闲暇下来的时候，楚义便弹琴给媺西听。楚义的琴是从小刻苦练习的结果，那种小手腕上紧匝着绒线衫的窄袖子，小小的背影在钢琴前一坐一整天地练习。如今能在媺西面前崭露头角，楚义很开心。只可惜二楼卧室里的小钢琴，也许是被驻军用过，音色不太准了，然而媺西一点也不介意，她把从山间采来的杜鹃花摆放起来，这样楚义弹琴时，琴上的玻璃瓶子就有花开着，琴弹出来的，更像另一个世界。

一曲终了，楚义把手掌合在媺西的手掌上，他望住她郑重道："媺西，我们结婚吧。"

媺西听了，一句话也没有，她叹了叹气，低下头来，一滴泪落在他的手背上，那是温热的一滴泪。

楚义拉着她的手，微笑道："我们今天就到报馆里去登报启事，战争期间只能这样潦草。但你相信我，等我们回到南都，我一定为你大张旗鼓地排场一下，你说好么？"

媺西却一丝笑也没有，她摇摇头，把手从他的手里抽出来。她轻声道："你累了，早点歇息吧。"

那时，他以为她不过是因为战乱的缘故，是因着对未来的毫无把握。他从没想过，他同她之间，会有其他可能的结局。

对于之衡，虽说是自己的兄弟，但毕竟是异母的。之衡的母亲去世后，父亲便把他接回家里来，交给楚义的母亲抚养。之衡第一次到家里来，楚义只有七岁，可那一天的事情，楚义至今想起来，仍是历历在目的样子。那时小小的之衡一个人在太阳里立着，发了好一会儿呆，两颊晒得通红，一转身，他脸上安静地滚下两行泪珠儿来。在这样环境里长大的之衡，本来就是个静悄悄的人。在英国多年旅居后，如今见到之衡，楚义只觉得他更沉郁了些。

珍珠港事变后楚义离开香港，乘的美国船。为了躲避轰炸，航线弯弯扭扭地路过几个群岛，不靠岸，只远远地看见个山。轻阴的午后，浅绿的山影没入山脚的白雾中，有年光倒流的感觉。自从楚义回到南都，之衡始终变相地软禁他。可楚义仍对之衡抱有希望，毕竟，他喊他一声"二哥"。二哥同吴睿昇的事情，楚义早有耳闻，而一则报上的新闻，则令楚义第一次产生了疑虑。他私下里暗暗地调查二哥，用大哥从前暗线里的人，用母亲仍有的势力。很长一段时间里他都不敢相信，他的二哥有那样第二面的人生，直到他在二哥的宅邸里再度遇见他的婤西。

原来环境真的会改变人，有时候，甚至是彻头彻尾地。

那则新闻里写的是，一个籍籍无名的女电影演员，暴毙于她独居的公寓。除了一件件未曾启封的昂贵的礼物，还有雾的轻微的霉气，雨打湿的灰尘，袅袅的留香。僵硬的美好的肉体，浴血横陈在织锦绣花的床帏间，她的脸上是青白的秀丽的五官，她的纤细的手悬垂在床沿边，倒是有几分像那幅著名的新古典派的画，同样是令人触目的年轻的死亡。更重要的是，那报纸相片上死去的女人，楚义曾在一次聚会上打过照面，若记得没错，应当是在二嫂的生日会上，那时的她，和二哥在一起。

至于那幅画，许多年之后，已近中年的楚义在法国的巡展上亲眼见到了，《马拉之死》，十九世纪天才画家的天价之作，被精细地保存在日月不侵的展厅之中，尽力地延缓它的每一分衰老。毕竟，一幅画落色的时候最凄惨，就像一个美人哀怨的迟暮。

在楚义看来，西方世界里那些著名的艺术，除了油画，似乎总有些过于沉重巨大。像他们的交响乐、史诗、歌剧、讽刺作品，无一不是如此。好像不严肃起来就不能欣赏，只有西方的画不一样，那些充满色彩的具象的画，每一幅画像一个人。

楚义心里一直有这样一个人，她也像一幅画一样。曾经他见到她的那一刻，她是光，落进他的眼睛里。他同她之间，像他读过的一首译来的普希金的诗，那是无法忘怀的一瞬间的事。

*I remember that is wonderful as soon as flickers,*（我记得那美妙的一瞬）

*Appeared you in mine front,*（在我的面前出现了你）

*Some like appears briefly fantasy,*（有如昙花一现的幻影）

*Has like the chaste America's angel.*（有如纯洁至美的精灵）

*In that hopeless sad suffering,*（在那无望的忧愁的折磨中）

*Makes noise in that in ostentatious life puzzle,*（在那喧闹的浮华生活的困扰中）

*Nearby my ear for a long time is making a sound your gentle sound.*

（我的耳边长久地响着你温柔的声音）

多年在英国读书的岁月，颇令楚义沾染上了文人气的清高态度，一些有的没的累赘的琐事，能够不理会的，他一概不理会。有人嘲笑他像犬儒主义的傀儡，他也任由他们笑去，他享受难得的孤独，没有知心的人说话，他宁肯一句话也不说。

他总是一个人去看戏，看到普契尼的《蝴蝶夫人》，那种无来由的牺牲意识令楚义想起从前那些古典小说里的桥段，他不禁泪流满面。他一直有种执拗的真挚，他相信一段感情之所以不浪漫，是因其感情本身就不纯粹的缘故。有目的的爱从来不是真爱，真爱是无来由的，像歌剧对白式的谈话，又美而又无意义，真爱从不需要意义。有时戏散了场出来，正好碰上外头的世界下起倾盆大雨，楚义独自站在人行道上，瞪着眼看街上的行人，人也瞪着眼瞧他，隔着一层层无形的水淋淋的玻璃罩子，无数的陌生人，人人都关在他们自己的小小世界里，没有人在意他。

雨小了一些后，他立起风衣的领子，缩着头急步走回去。学校周边新建的高层公寓，大门口永远亮着晕黄的玻璃样的灯光。转过门廊处摆着的暗银雕像，是铺了厚重的鹅黄色地毯的水门汀楼梯，镂花的黑色的铁质扶手，两旁夹着贴了条纹墙纸的墙壁，转角处堆着式样统一的红色洋铁桶，里面是冬天的没有气味的灰寒的垃圾。楼梯的另一侧是拉门式的电梯，铁栅栏上挖出一个小圆窗户，窗上镶着一枝铁梗子的花，只一瞥，便隐没了，再上一层楼，黑暗中又现出一个窗洞，一枝花的黑影斜贯一轮明月，一明，一暗，一明，一暗。

电梯一路升上来，楚义没有看见一个人。在这价格不菲的高房子里，他只是一层一层地往上走，孤独是他生活的常态，因而他常常想念她。他常常想，如果这一刻他能见到她，她会在做什么。或许，当他坐在阳台上昏黄的暮色里，她刚刚读完一页书；又或许，当他在清晨的雾气中认错了她的背影时，她沉睡在一个酣甜的梦里；再或许，当他辗转反侧难以驱散脑海中她的声音时，她正巧用完了最后一片朱红的胭脂。

他对她的感情，像难愈的瘟疫，惘惘地病到骨子里，明知前头是不光明的路了，却偏偏想要走下去。

同她一起的日子，像是永远停留在了那年北平的夏末初秋。风吹着树，云影飘移，太阳悠悠地迈过山头，半边青黄的山麓渐渐暗下来，笼在巨大的蓝影子里。白阳伞下支着躺椅，椅子边上就地放着一台无线电，黑色的喇叭里咿咿呀呀地唱着，唱曲儿的像是个小姑娘，嗓子甜极了，一句句唱词送到耳朵里来，还真有那么一些说不上来的味道。

在长城上打高尔夫，是在北平例行的活动。长城内侧的绿草坡是很好的球场，打球时要穿白色法兰绒衣裤，彻头彻尾的名士派的风度。散步时偶然发现的红叶碧桃和铃兰草，气味像鲜牛奶那样甘甜。他采下一枝递到她手里，她闭着眼睛轻轻地嗅，脸上是不谙世事的天真的笑，她穿着的宝蓝薄绸旗袍上遍撒粉橙色的蝴蝶，她身后散落着日暮时漫天的红光，他望着她，快乐极了。

楚义明白，之衡是一个多面化的人物，婂西不可能感觉不到。事到如今，她仍愿意留在他身边，可能的缘故也没有什么了，她真的爱他罢。有时候生活里最真切的悲剧却往往最像夸张虚构的戏剧，她离开他的那一瞬间，他感到他的心脏骤然冷却了，他像她的一滴泪，在一首歌里落下来。

*When a lovely flame dies,*（当爱的火焰熄灭时）
*smoke gets in my eye.*（烟雾弥漫我的眼）

也许有些爱本就会被错过。

第十七章

桐花万里丹山路

他们二人结婚，实在是很匆促的决定。

只因婠西想在教堂里结婚，之衡便定下了西郊一幢小教堂。本是很朴素的地方，四周很是僻静，红褐色的水门汀建筑，圆形的拱门，彩色的玻璃窗子。但之衡将教堂里外都用红玫瑰做了点缀，使其远望之繁花簇簇，织红似锦。之衡还请了四人弦乐队，乐师一致着白色燕尾服，婠西到时，他们正奏的一曲是德彪西的《月光礼赞》。

婠西一袭白纱，同之衡相携着缓缓走来，日光熹微，薄薄洒在身后，宾客席上只坐了子枫一人，他今日也穿了米白的西装，静静微笑着。牧师念罢祷祝，便到了婚礼最注目的时刻，之衡向婠西单膝下跪，他看着她，郑重道：

"从今而后，不论境遇是好是坏，是富贵是贫贱，是康乐是病患，此生此世，我，林之衡，愿娶你，季婠西，为我唯一的妻子，我会始终对你忠诚，同甘共苦，我会爱你，至死不渝。"

之衡从衣襟内侧拿出一只深蓝绒的小圆盒子，打开盒盖，只见一只指甲大小的粉红钻正稳稳嵌在盒内，和婾西鲜红似血的玫瑰捧花摆在一起。钻石只泛着淡淡的微红，亮头却是十足，在清洌的日光下很是夺目。

他深深望向她道："婾西，你可愿意，做我妻子？"

婾西微笑着抿了抿嘴角，她轻轻地点了点头，柔声道："我愿意。"

之衡的喜悦是丝毫不加掩饰的，浓浓地在他的眼角眉梢散漫开来，他将戒指仔细戴于她的指上，她望着他含笑，一切美好如斯。

奏乐却戛然而止。

小教堂里那扇薄薄的雕花木门被重重冲破而开，一个年轻人在晨曦中跌撞而来，乱发四散，面色惨白。他的神色虽只有些惘惘的忧愁，但他的悲伤却已如煦烈的朝阳喷薄而出，他似是用尽了全身气力般，高呼道："婾西！"

楚义的眸间已隐有泪光，他怒吼道："二哥！不……你这欺世盗名之徒，你根本不配做我二哥！"

子枫赶忙上前劝解："南山，冷静下来！"子枫低声向楚义耳语道："南山，请听我一言，有什么话回家再说吧。"

楚义猛然一把甩开子枫，向之衡怒喝道："家？哪里还有什么家！父亲昨夜去世了，你可晓得？"

之衡却冷冷望向楚义，默默不语。

楚义早已声嘶力竭，却仍重重道："我从未想过同你争什么抢什么，偌大一个家，除了父亲，只我真心待你。你的种种委屈种种不甘，我都理解，从前我们年纪小，你受欺负从来只我惦记着你，可你如今却做了什么！你弑杀长兄，横刀夺爱，大哥的意外，难道不是出自你的手笔？大哥现如今就同废人一般，你怎狠得下心下得去手！"

之衡冷眼相对，挥了挥手，门外立即走进来几个黑衣侍从，他们紧紧将楚义按在地上。楚义被牢牢制服不得动弹，但他双眼通红，仍高声大呼道："婾西！你全被他骗了！他根本不是担忧你的安危！他有他的眼线！这本就是他的计划！你不可信他！"

婾西怔怔立在那里，她仍挽着之衡的臂，却无可奈何地瑟瑟颤抖着，她仿佛蓦地失了言语，徒劳地哑口无言，只远远望着楚义被两个黑衣侍从缚住双手，扭向背后，另一人又随手拿了块手帕塞进他口中。只一瞬间而已，楚义像顿时失去了力量似的，被三个人推推搡搡带出了门，楚义被迫上了门口的汽车，汽车绝尘而去，似是将热闹喜悦一并带了去。

教堂里乐队也停了，牧师垂手立在一旁，似是还未从刚刚激烈的闹剧中缓解出来。提琴手似乎不晓得他的弓子钩到了裤脚，其他几个乐师也未晓得。他们缚手缚脚地坐在那里，仿佛不知下一首门德尔松应如何开场。一切骤然冷却了，太阳虽还挂在上头，天却淅沥沥掉下雨来，顷刻之前本还是好的。

雨势愈来愈大，雨水浇落花蕊，红玫瑰谢了一地。

之衡将楚义禁闭在梅林西苑的东耳房里，他并未向婾西解释什

257

么，只将耳房的钥匙交予了她。他仍对她柔声道："我有我的苦衷，我从不奢望能得到你的宽恕。这段日子能同你在一起，已是上苍对我的恩赐。如今战事连绵，我已深陷局中，你若决定要走，我不阻拦……"

之衡转身正要离去，媮西却一把揽住他，她泪眼迷离，将他紧紧搂在怀里，轻声道："别走……别走……"

之衡也默默掉下泪来，他亦拥紧媮西道："媮西，你信我吗？"

媮西抬眼望向之衡，她轻轻道："我永远都信你。"

之衡也望向媮西，他启齿却无言。

之衡离去之后，媮西有些恍惚的怔忡。同之衡在一起，她心里总是复杂的，像是有两种情绪纠缠在一起，捉摸不定。可一想到离开他，她却又心如刀绞，也许爱到深处，便总觉是徒劳的罢。即便他就在眼前，即便正和他交谈着，即便伸手就能触到他的温度，却仍感到是徒劳的，所及之处空无一物。爱他本是她的执念，她放不下执念，因而放不下他，媮西晓得自己的心。她同楚义的前缘，她同之衡的今生，原本就是她的孽障，她应自己来赎。

这日傍晚，媮西将楚义送出西苑，楚义几番想同她长谈，她都一一婉拒了。她将他送至车站，拿出一只寻常可见的褐赭牛皮小箱，对楚义道："前面就是车站了，你在这里下车吧，我替你买了往上海的车票，还备了一些银钱同两套衣衫。你到了上海再转船去香港，到这个地址，我的好友姓苏，她定会帮忙的。"

楚义只怔怔望着媮西，并不去接那只小箱。

婻西低低垂着头，暗暗道："他……他那样待你，实在是不该……我代他向你赔罪，只望你不要恨他……"

楚义仿佛未听得婻西的话，他朗声道："婻西，你跟我一同走吧！"

婻西的眼里蒙了层水壳子，她扯了扯嘴角，对楚义摇了摇头。

楚义不解："这又是为什么，难道你还对那个伪君子抱什么希望？"

婻西将下唇咬得雪白，一眨眼那水壳子破了，滴下一串泪珠儿来。

楚义不忍，伸手去拉她："婻西，你同我走吧。"

婻西却一把挣脱出来，她抬眼看向楚义，一字一句道："我就要当母亲了。"

楚义的双眸倏忽睁大了，他的讶异满目皆是。

婻西继续道："我是上月才晓得的，还未想好如何告诉他。我原想着，不管怎样，他定是开心的，但千想万想，却没想到会有如今之事……于我而言，即便他犯了什么天大的过错，他仍旧是我孩子的父亲。如今他内忧外患，我不能一走了之。"

楚义似是哽咽了，他看着她，仿佛从没见过她的样子。

他怔忪地望着面前这个睽违已久的人，这才猛然意识到，其实他从不懂她。他郑重道："你已下了决心？"

她泪水涟涟，葱白绸子衫上浸湿了一块前襟，她半垂着头，低声道："是。"

楚义如大梦当归，失魂落魄一般立在她面前。

两人相对无言。

良久良久，楚义接过了�西递来的小箱，他自嘲般笑了笑，对婿西低声道："回去吧。"

婿西抬眼望向楚义，她泪眼婆娑。

楚义对婿西微笑道："小妹妹早已长大了，我却还未意识到，是我的疏忽。你的心意，我懂得了，只是这一别后，不知何年何月才能再见了……"

楚义从衣侧取出一只莹白的玉佩，他将玉佩置于婿西掌中，轻声道："这本就是要送你的，总想不好应雕琢什么花样子，累得现今仍是一块裸玉。如今就当作我送你的贺礼吧，你要好好的，我才安心。"

婿西重重地点头。

楚义最终轻轻抱了抱婿西，为她将散发掖回耳后。之后他挥了挥手，转身向车站走去，日轮已然偏西，余光映着他长长的身影。

"欧阳哥哥！"

听得婿西忽然唤他，楚义倏忽回头。夕阳的逆光里，他看不清婿西的面容，但他感到她笑了，浅浅盈盈，她亦向他挥挥手，转身朝夕阳里走去。

楚义看到她的背影渐渐拉长，变小，最终成为一个点，在尽头消失不见。他以为她终究还是不忍心，还有话要对他说，然而她只是挥挥手，他怅然若失。

橘红的余晖笼着婿西的脸庞，她也不晓得自己为何叫住了他。

她叫住他其实是有话的吧，可为何没说出口，媬西自己也不晓得，难道要说再见吗？只怕是，永不再见了吧。

真心总是离伤心最近。

爱你，很久了，等你，也很久了。

现在，我要离开，比很久很久还久。

第十八章

# 一别如斯会无期

蜀州四面环山，人都道是个避世的好地方，也因着是山城，整年连月的水雾天是稀松平常的事。南都因战争陷落后，不计其数的人背井离乡逃来蜀州避难，也令得蜀州的物资骤然紧俏，艰难时千金难求一米也是有的，但每日仍旧有数不胜数的难民逃来，许多人不求长久，能活一日是一日罢了。

　　不求一世，只顾一时，这便是乱世。乱世的人，得过且过，没有真的家，可媍西对于她和之衡在蜀州的这所暂时的小房子，却有一种天长地久的家的感觉。

　　自从搬离季府西苑，因着种种因缘际会，媍西曾几易其居，从港大校舍到西山小筑，到粤东别院再到梅林西苑。好虽是好的，却总有种宿命般的漂泊感，隐隐地身不由己。而在蜀州，不晓得是不是因着身上有孕的缘故，媍西倒有一种春日迟迟之感。从前之衡忙起来，几日回不来是惯常的事，而如今，之衡仍旧是忙，却可以每日都回来。婳西也同寻常主妇一样，洗手做羹汤，闲暇时能够同之衡聊聊家常，聊聊未出世的孩子，一派人间烟火气，已全然是个家了。

这幢蜀州的房子带着个小小的院子，院子靠南的角落有个天井，旁边架着个青石砧。之衡初见时就起了兴致，说是等时节好时要在那里临帖，之后也确实等来了好时节。风清净朗，焚香而坐，他换了藏青织布长衫，拿久藏的生宣临东坡的《赤壁赋》，她便替他研墨。之衡的字本就漂亮，又加以那极好的翰墨同生宣，婳西笑着夸赞，之衡却道是红袖添香的功劳。

一次之衡从外面回来，走进屋子，看到婳西撑着下颌，正对着摊在桌上的几个小鞋样子歪头思索着。斑驳的日光将她的身影照得半明半暗，她今日松松绾了发髻，几丝碎发散在她脸颊两边，光影稀疏间她恍若谪仙。

之衡未语，就那样静静地立在那里看着她，午后温热的阳光洒在她的身上，也暖到了他的心，令他似是沉醉在这样淡淡的微醺里。不多时，婳西似是留意到了什么，一抬头看到是之衡站在那里，她笑着望向他的刹那，他忍不住轻轻地叹息，他真的愿意，如果可以，他愿意永远沉溺在她那一刹那的笑里。

婳西揽过之衡，轻声道："今日倒是回来得早。"

之衡笑道："事情办得顺利，剩下的还有子枫在那里，我是放心不下你。"

他的手轻轻覆在她腹上，柔声道："今天孩子乖吗？"

她微笑道："午后有些调皮，似是在我腹中伸拳踢脚。"

他也轻轻笑道："看样子是个不安分的男孩子。"

婌西抬起眼望向之衡，她笑问："也许是女孩子，林哥哥，你喜欢男孩子还是女孩子？"

之衡沉吟道："嗳，若果真是个男孩子倒有些可惜，我希望是个女孩子，同你一模一样。"

还有一次，之衡不知从哪里带回来件颜色轻柔的七巧板，婌西不解问道："林哥哥，你何时喜欢起这样的小玩意儿来？"

之衡笑答："是给孩子的玩具，等孩子生下来，家中连一件像样的玩具都没有，那怎么行。"

婌西笑得无奈："别说离生下来还有好几个月，就是生了下来，也还要长个好几年才会玩七巧板吧。"

之衡听罢亦微微笑道："孩子长起来很快的，很快就用得到的。"

蜀州是个福地，一日午间，子枫携其胞弟夫妇前来拜会之衡。他们夫妇刚从上海过来，也是因着战事，暂于蜀州避难，打算着待时局好些了，再转了渡轮到外洋去。婌西之前从未见过子枫胞弟，如今一见，却不想那辰子柏长得原是漂亮极了。长圆脸儿，眉目开展，清炯炯的大眼睛，嘴角向上兜兜着，加上两撇八字小胡须，似是能上台演随便哪一出里的多情公子。更意料不到的是，这辰子柏新婚的妻子竟是婌西许久未见的墨棋。

墨棋的样子一如从前，只是粗略看上去似是较以往胖些。她穿着月白绣花小毛皮袄，外头搭着银鼠坎肩。她同婌西自香港一别，已三载有余，如今相见，自是有说不尽的话。墨棋当夜便留了下来，与婳西同寝而卧，相谈甚欢。婳西这才晓得，墨棋一家又从马来亚迁至上海，机缘巧合促成了墨棋同子柏的姻缘，本以为上海是个孤岛，能够安稳地住上些时日，却不承想，不过短短两年，便要再度流离了，婳西听罢也不免起了哀思。

两人又说起婳西这些年的境遇，墨棋也不禁隐隐落泪，待又晓得婳西有孕，墨棋也辗然而笑，将自己从上海带来的燕窝花胶留下大半予婳西养胎。更要紧的是，墨棋告知婳西，她收到了香港寄来的信，楚义一切平安。

之后一段日子，墨棋常常来探望婳西，墨棋的女红一向出色，便帮着婳西做了不少件孩童的衣裳鞋袜。婳西总是打趣，若是没有墨棋，她的孩子少不了要穿破衣烂衫。

墨棋有时也会同婳西吐苦水："来了蜀州简直无聊，那群跟来的官员太太姨太太们整天就只晓得坐庄推牌九，穿个黑斗篷配金链子还觉得自己蛮洋气，想想真是可笑得很，你说是不是？"

婳西听罢也是无奈，漫漫俗世里，偏偏世俗人最多抱怨，也偏偏世俗人活得最有滋味。

墨棋又道："婳西你还不晓得吧，前几日子柏去买米，米店竟然遭了劫，一粒米都没剩下。嗳，再在蜀州待下去，不闷死也饿死了，这粮食难买得很。往日几倍的价钱才买下不到一半的分量，简直不是人过的日子。"

婳西也愈发愁闷，墨棋见婳西面色不好，这才改口又道："蜀州这里还算好的，你是不晓得内地的境况，起码我们还是有的吃的，这便很好了。"说罢墨棋莞尔一笑，婉西也只得淡淡笑了笑。

待战事稍有停歇，子柏便张罗着要走，墨棋挂心婉西，本想在蜀州多留一阵，待婉西生产完后再走。可战火不测，这次不走，难保下次又会是如何境况。婉西推心置腹，劝了许久，墨棋这才应允了。船票订定得仓促，仅有几日便要临行。婉西拖着身子，为墨棋备了许多路上的吃食、必要的细软，想到一别如斯，再会无期，婉西不禁悲从中来。

墨棋一家走的那日，婉西因身子沉重不便前行，全由之衡代为相送。之衡回来的时候，屋里暗沉沉的，只客厅里幽幽开着小电灯，那灯上搭着瓷罩子，把光压得低低的。婉西扭着身子伏在沙发扶手上，背着灯光，不知怎样盹着了。她的头枕着自己一只胳膊，蓬松的长发盖住肩膀，她旁边的沙发上还摊着没做完的针线，那是件刚打了一半的小孩子的毛线衫。

之衡从卧室拿了条毛毯子为婉西披上，这才看见她身上穿的是件鹅黄绣蝙蝠的夹棉旗袍。他还记得当时初见她，她也是穿的这样一件，日子过去这样久了，他却仍清晰地记得同她一起的每一个细节：她梳了怎样的发髻，她穿了怎样的衣裙，她说了怎样的话，她是喜是悲，他一一记得。奇怪罢，他也如此自觉，可更奇怪的是，他就是无法忘却。

次日一早，吃罢早饭，之衡正准备着出门，婉西在旁为他整理衣衫，忽而听得窗外一声鹧鸪的悲啼，婉转凄凉，哀思茕茕。之衡惊了一惊，忙开了窗来瞧，却见一只小小的深色鹧鸪早已扇翅回旋飞去。他不禁有些怅惘，转头对婳西道："你瞧这一清早，也不知这鸟啼是吉是凶？"

婳西轻轻笑了，回他道："林哥哥，你怎么也信起这些来，《红楼梦》里不也是说，'人有吉凶事，不在鸟声中'。"

之衡听罢才释然了，他点头笑道："还是你最通透。"

之衡走后，婳西又倦倦睡了一阵，临近午时的样子，却被流弹声震醒了起来，吱扭扭呜涂涂轰——嘎啦。不远处一相连的民房顿时被烟尘吞噬，待尘雾稍稍沉淀，那民房早做枯骨，焦黑的木梁间偶有痛苦的人声，不知还有多少时辰。

婳西似是受了炮火惊吓，腹中一阵隐痛不止。须臾，腹痛便愈演愈烈，之衡不在家中，佣人们畏惧流弹，不敢擅自将婳西送去医院。婳西只得自己拨了电话给子枫，婳西几度痛昏过去，子枫才匆匆赶来。

待之衡赶到医院时，婳西正闭着眼休息，雪白的病床，雪白的墙壁，小小的病房像个简陋的白纸盒子，里头装着无知无觉的她，连同她那张苍白虚弱的脸，连嘴唇都是晦暗的，额头上还有干却的汗渍。她几乎拼了全力，为了她同他的孩子。

之衡将孩子抱于怀间，他有如身在梦中，他的孩子，这是婳西同他的孩子。他心间蓦然燃起巨大的喜悦，可又无法自觉地想起日前同子枫的一席谈话，他悲喜交加。

270

月朗星稀，书房的窗子开了半阙，夜风徐徐拂着窗扉。窗内的两个人，神情肃穆，一人立于桌前，一人坐于椅上。

子枫沉声道："宋家来了信报，他们本愿出资助你，但只困囿于一个条件……"

之衡道："是何条件？"

子枫略迟疑了一阵，之衡不解，直直问道："你怎的也支吾起来？"

子枫这才迎上之衡的目光，慢慢道："宋家要求你同季小姐脱离婚姻关系，并且至少五年之内不得再与她相见，否则他们非但不会出资，更会投附吴营。青阳，你要考虑周全，凡事不可兼得。"

之衡勃然大怒："我从来不信这世上有什么不可兼得，世人越说不可，我便越要做给世人看。她以为用宋家胁迫，我便会妥协，可我偏不。媮西，我当然要，她宋绫卿，我也要。"

子枫沉默了半晌，似是思虑几番，才郑重道："我有一计，不知是否可行？"

之衡蹙眉不语。

子枫继续道："宋家的两个条件，其一，要你同季小姐脱离婚姻关系，这一件很好办到，拟一离婚启事，双方签字印章便罢，又不会有人偏去细究真假。再说你同季小姐的婚姻本就未公之于众，如此一来，宋家也没得挑剔。"

之衡听罢，默默点了点头。

子枫又道："其二，要季小姐五年之内不得与你相见。这一条，说难也难，说容易也容易。季小姐一向避于深闺，宋家即便晓得你有这样一位夫人，但也不一定能识得她的样貌。若真如此，我们可来一出移花接木，先将季小姐送至一安全地带，再挑一位同她相貌相似的丫鬟，送出洋去，就说送出的是季小姐。这样一来，即便宋家要对她下手，或以她相要挟，我们也无所惧怕。待风声一过，再接季小姐回来即可。青阳，你意下如何？"

子枫略顿了顿，再道："若你不忍将此事告予季小姐，我愿代劳。季小姐同我还较有话缘，我自信能说服她。"

之衡沉默在青白色的月光里，他背对着子枫，他看不清楚他的神色。

之衡不晓得子枫究竟对婑西说了怎样的话，他只晓得，她全然应允了下来。是夜，之衡夜深展侧，愁绪何堪。他又想至这几日日间种种，哪怕心思翻涌辗转，面上却仍同她说笑，他不由得心间隐隐作痛。不经意中，他看到婑西的睡颜，心底不禁涌起一股脉脉的柔情。

婑西熟睡时总爱依偎着他，听着她咻咻的鼻息在他耳后起伏，之衡感到一阵无妄的安心。他欠起身来，坐在床沿，说不清地簌簌掉下泪来。他已很久未曾如此哭过了，久到记不得上一次大哭是什么时候，大概是母亲去世那年。

之衡以为婑西不知道，其实她早已醒了。许久许久，她坐起来伸手从背后紧紧环住他，她轻轻柔声道："林哥哥，你放心，我会好好的。"她的话使他全全溃败，他转身拥她入怀，他用力地吻她，他的唇湿湿的，不知是谁的泪。

失意人逢失意事，新啼痕间旧啼痕。

他哽咽着，举起右手向天，他深深看向婑西，低声道："我林之衡郑重起誓，自今起五年内，必接婑西回我身旁，同她永生永世不再分离。如若失誓，祈求我佛将我殛毙，令我所有政绩功亏一篑，将我永放逐于故土之外，做一孤魂野魄，不得超生。"

她的泪水决堤而下，她伸手去遮他的唇，似是不愿他将这样的誓言承受下来。她的心深深痛着，她懂他的无奈，她懂他的苦楚。她同他，早已超过了寻常的花月之情，他们彼此惺惺惺惜惜，是乱世流离间独有的患难之交。

婑西临行前，之衡替她画像，午后的梅林，阳光稀落落地洒在枝叶里，幽静，黯然。婑西穿一件雨过天晴色的竹布窄袖长棉袍，领口处立起来，正中缀着一枚小小的玫红盘纹纽扣。之衡支起白布画板，坐在一只高脚凳上，轻风披拂中，他画了一阵，便停了笔，她恍惚中望见他默默垂首拭泪。

婑西起身走过去看画，见到之衡只画了一半，画布上是她的侧脸，一只微笑的眼睛，隐在睫毛的阴影里。他忽然抱住她的腰，像孩子似的落泪，她便揽住他，也有些哽咽，虽是极力地压低了声音，依旧有一句半句大了些，他听得她道："我是永远都挂念你的。"

离别在傍晚时分，街上薄薄笼着一层水汽，像是正酝酿着下雨，天色也已暗了下来。婑西还穿着家常的棉布旗袍，她像往常一样将孩子哄睡了，给用人们接过手来，又细细嘱咐了一番，这才梳洗更衣。

一声响雷震裂在夜空里，外面的雨来势汹涌，噼里啪啦打在玻璃窗上。婳西从窗边望去，只见街上已然成了河，水波里倒映着一盏盏街灯，像一串滚落在地的零散的珠链。

须臾，婳西走下楼来，而之衡早已在门厅等候她了。听到婳西的脚步，之衡回头一望，只见婳西盈盈立在那里。她望着他，微笑着唤他，"林哥哥"，轻轻的一声，就像在北平那个遥远的雪夜，之衡不禁泪流满面。

婳西匆忙俯身过来，将之衡揽于怀中，她哽咽起来，将一只孩童用的白玉玉佩放在之衡掌心之上。婳西握紧之衡的手低声道："这块白玉我喜欢极了，上头的图案镂刻都是我的心思，等他再大一些就能戴起来了，你要好好待他……"之衡重重地点头，却将婳西搂得更紧了些，他的泪沁湿了她的衣领，冰凉凉湿冷冷地贴在脖间，她却似毫未觉察。

车子在外等候多时了，雨势早已小了许多。他为她撑着伞，雨水嗒嗒地打在伞上，声响在寂静的夜里散漫开来。婳西紧紧地握着之衡的手，之衡感到婳西的手心冰冷柔软。走了短短一段路，婳西感到空气中起了淡淡的薄雾，雾霭那样轻，之衡的手却那样沉重。

之衡望着婳西坐上车子，看到她朝自己挥挥手，她脸上还带着些似有若无的笑，似乎只是去赶一场来不及的电影，之衡始终没有舍得放开婳西的手。

直到最后一刻。

车门上那层透明的玻璃窗子将他同她隔绝开来，他仍追着她的目光，他看到她的眼眸氤氲，眸中透着他的影子。车子在雨帘中渐渐驶远，一点一点，直至消失不见，他从未想到，这便是他看她的最后一眼。

　　他这时还不晓得，从此他就这样失去了她，他的媮西。

第十九章

## 碧落茫茫难寻觅

次日一早，火车从晓雾中驶离南都。

她戴着墨镜，蒙一层面纱，深绿的长羊绒大衣直盖到脚踝，抬起头来能看到改良旗袍的半高领子。顷刻之前，她从站台上经过的时候，不远处的一个农家子弟双颊冻得通红，瘦削的脸与脖子从棉制服里伸出来，目光仍直直望着她，似乎忘记了手里正吃着的一副大饼油条。他身旁的几个人窃窃私语，他们猜测她是哪个军阀的姨太太。

婨西坐在包厢里，窗外是不尽的青黄的田畴，起伏不休的褐色山峦，无垠的淡蓝的天，近乎于窒息的空旷；窗子里的景致永远一个样，像同一幅画不停地折叠，开展，折叠，开展。她在火车上仍打着那件绒线衫，手织的孩童大小的天蓝绒线衫，她一针一线打得十分仔细，偶尔的停顿，那面纱之下掉落一滴泪。

两天的舟车劳顿，火车驶入北平的时候，暴雨如注。去西山，天太晚，城门都要关了。正是垂暮，城门远处传来遥遥的敲锣声，钟鼓延续着夜更，铁灰色的城墙矗立在黑色的尘土之上，汽车从水帘当中穿过，重门一道一道訇然中开，玻璃车窗上映出嫺西半个侧脸。这座城，有她散落一地的逝去的往事。

还记得从前他来北平看她，去学校接她放学。他穿长衫，在结了冰的金鱼池边徘徊，车子停在一旁。在那个黯黯的雪天，她披着每个女学生都有的那种深红色绒线围巾，他为她撑伞，也不乘车，一步一步陪着她慢慢走回家去。街旁笔直的高高的白橡树，深灰瓦青灰墙的矮房子使马路更显宽阔。远处噼里啪啦放着鞭炮，附近也偶尔嘭的一声空洞的炸响，吓人一跳。商店都上了排门，长街一直伸向灰蓝的天空，天上隐约挂着一轮冰轮似的圆月。

那时他借住在季府客房，闲暇时他教她怎样做梅子酒。新鲜的青梅子，泡在红纱布封好的玻璃罐子里，放在室内阴凉的五斗橱上。午后时分，西斜的阳光照耀在绛红色的梅子酒间，是潋滟的剔透的纯明。

等待他的时光又美又漫长，红花谢去，青梅成熟，冰梅子，酿梅子酒，春天的毛毛虫，秋天的落叶，一切都是又美好又徒劳的。她从不问他将来，她不问，他也不提，她明白，若是他曾试图同父亲谈却铩羽而归，他是不会想她知道的，她懂他。即便人人都议论他们，她也丝毫不在乎，人言只是群众的私语，如同音乐是舞会的一部分，而她有他的爱，这还不够么。

她愈发觉得，她同他似乎有种宿命的因缘，每一次重见都如隔数年，她遇见他，是命中注定，一想到那潜在的同他失之交臂的可能，她就感到不寒而栗。

　　汽车行经一路，终于停了下来。西山上的旅店半隐在阴影里，野外寂静得不自然，空气中弥漫着雨水与草木的潮腐气息。北平与它那守夜的钟鼓，市井的私语，都仿佛很远了。婳西走下汽车，只见旅店门口早已有人候在那里了，大厅里人语盈盈，电灯下一片通明，恍惚间像另一个世界一般。

　　房间是个红木屋子，雕花隔扇中开月洞门，低垂着鹅黄的丝绸帷幔，落地灯黄黯的光线下，能看出这是个陈设着西式家具的中式房子。卧室倒是布置得齐全，窗帘低垂，桌几上的银器在半黑的阴影里闪烁着，婳西窄窄的鹅黄色旗袍映着黑瓷砖壁炉，更显得苗条。

　　窗外狂风暴雨，门窗紧闭，空空的窗格上，黑漆涂金的窗框映着淡淡的微光。室内是玫瑰色的光晕，火炉烧得正旺，炭噼啪作响，崭新的干燥的被单，软绵绵的厚床垫，躲在一切温暖舒适的背后，躲在现实生活的背后，像个困在金笼里的黄莺。婳西望着垂坠的纱帷，思忖着没有也许的也许。

　　她想着若是她真的被囚禁了，他还会不会为了她来，就像从前在香港那次。她想象着一切可能同他相见的情景，想念他，像密密麻麻的剧毒的藤蔓，切割她的每一寸心脏。

*The poison was in the wound,*（毒药浸入伤口）

*the wound wouldn't heal.*（伤口不肯愈合）

婻西忍不住地想起那年南都的绿夏餐厅，玻璃台灯发出猫胡须一样的细丝光线，那时的宋绫卿半垂着眼帘，淡淡说道："别说是人，就是一条鱼，蹦着蹦着，也不知是蹦到江河湖海里，还是厨房里的菜板上。从前他父亲生病，虽说还在任上，可毕竟是另一番光景，林青阳的处境，季小姐倒也不必揣着明白装糊涂。"

见婻西不语，绫卿笑了笑，继续道："眼见着又一场南北联盟快要入港，几方势力沉浮替换。他父亲一下野，政府就空了，说白了，那姓吴的终究不是什么可靠之辈，无非就是个捧人的。今天他能捧姓林的，明天就能捧姓张的、姓李的，尤其战争的事最难讲，叛乱政变，这些词太恐怖，我想还是不要直说的为好。"

绫卿拨弄着杯边的银匙："男人总在大处着眼，有希望跟某一家望族结亲，好比站在一个亮灯的门廊里，人人路过都想伸头望两眼。说到底，我没有什么好怕的，即便他切断了北方军的补给线，我也不怕。别说什么他手里的加农炮，集中开火一个天光，地皮都能掀翻了。没有宋家的辅佐，他还能坚持多久？今日同季小姐说这一番话，到底还是为着青阳的前途。

"季小姐也许不谙世事，住在深宅大院里，听不见外头的事，或许也不清楚青阳的困顿。他如今旧例的开销虽是仍足以维持，但难以增加任何新的头目，若仍像从前一样为了季小姐靡费……"

绫卿略一摇头又半眨眼睛："所谓前程万里，下去，也是无底深渊。"

绫卿抬眼直直望住婳西："若青阳真要走到那一步，也请季小姐为他切身想一想。到时候，就算他亲自乞援，可被赶下台的败兵之将又能有什么好结果，从此隐姓埋名，永远不配穿军装。"

婳西当然听得出她的话锋所向，一时间不免有些哽咽，她的声音像是暗哑了嗓子似的有一种澄沙的嘶嘶。婳西望向绫卿道："宋小姐到底想要怎样？"

绫卿先是微笑着没作声，她站起来，一个转身，背对着婳西重重道："请先从称我林太太开始，我要你离开他，一辈子，以他的前途做赌注。"

婳西晓得她自己从来不是勇敢的人，离开他的一刹那，她便已经死去了，如今走到这一步，只是因为她爱他。

记忆中的那个雪天仿佛伸手就能碰得到。可她一睁开眼睛，却似乎倏忽间飘零许远，茫茫不知何处寻。那些漫漫时光的罅隙中，层层叠叠的翻覆的梦境里，他站在簌簌落落飞扬的雪花间，敞风向阳，他向她微笑。

第二十章

## 梦也何曾到谢桥

之衡晚年客居琉岛，住在梅林官邸，官邸如此得名，是因着从他书房的窗外望去，有小小一片瀚绿微红的梅子林，风拂林动，景色甚美。那窗下放着一张紫檀木书桌，桌前一张矮矮的织锦软榻，桌上一大片厚玻璃，罩着一张他自己画的水墨肖像，肖像画的是个美人，乌眉云鬓，斜坐在层阶之上，回眸含笑，阶旁横伸出一大枝梅子花，说不出地明艳动人。

　　正对着书桌的一面墙上，疏疏落落地挂着几个镜框子，有他同绫卿的合影，还有他同儿子念西的合影，其中有一张最为引人注目，这是一张由六寸小影放大来的照片，几乎盖满半壁，活人一般大小。椭圆形的镜框，正中嵌着一张椭圆形的娇俏的脸，照中人穿着女学生常见的半高领中式小褂配西式百褶裙，一双杏仁眼清丽如水，似是在眸间瞧得出灵气来，使人一看到，便想起 "水剪双眸雾剪衣"

的诗句。

之衡常常默然凝睇在此，不晓得有多少次。前些年纳的姨太太玉蓼，捧了茶端进来，却见之衡半倚半靠在软榻之上，怔怔地望着墙上的相片出神，他身后的窗半开半掩，窗外是潋滟的梅林。玉蓼的脚步很轻，之衡似是没有听见她来，玉蓼将青瓷盖碗置于桌上，瓷杯碰在桌上，发出轻轻一声微响。之衡这才恍然醒转来，回头望见玉蓼，他的眼神里是无法捉摸的怅惘。

半晌他才缓缓低声道："原是你来了。"

玉蓼垂首莞尔一笑："先生又将我错认成照中人了么？"

之衡亦低头自嘲般淡淡笑道："如此倒真是'为伊判作梦中人，索向画图清夜唤真真'了。"

玉蓼又笑了笑道："先生这样说，我又是不懂了。刚刚太太叫人来过，请先生过去吃饭。先生是这便去呢，还是先拿手巾把子擦擦脸？"

之衡也不抬头，仍旧问过去："你吃过了？"

玉蓼笑着摇头："还没有吃，想先伺候先生吃过了，我再去厨房吃一点就好了。"她是穷人家里长大的，自小不上桌子吃饭，住到梅林官邸后，也一样总要晚一两个钟头，待之衡吃过后，她收拾了碗筷再一个人吃，多时候在厨房里，少时候在她自己卧房里。

之衡低声道："既然还没吃，今日一起吧。"

玉蓼似是有些犹疑："还是先生自己过去吧，我去……怕太太不高兴。"她说着便过来替之衡更换长衫，她先在铜衣架钩子上取下他的绸布长衫，为他穿上后再一个一个地扣纽子，最后再把衣襟上的褶纹抚平抻匀。玉蓼今年虽只二十岁，单只看这手法，竟还是个老练的姨太太。

之衡站起身来，轻轻叹息了声，回道："那改日再去吧，告诉太太，就说我今日不适，不过去了。你替我煮几样细粥小菜，端来这里开吧。"

玉蓼点点头道："我晓得了，那少爷小姐是让他们自己开一桌，还是请过来同先生一起？"

之衡道："他们若是还未吃，就叫他们过来吧。"

玉蓼应声称是，便转身退了出去。

不多时，之衡便听见梅林远处传来一阵欢闹的嬉笑声，仿佛是阿萝在笑念西新剪的头发。

之衡隐隐听得阿萝一串银铃般的笑声："林哥哥，林哥哥，你的头发简直像小兔子吃过的草地。"

念西故作恼怒，沉声道："哪里有这样的事，阿萝，你再这样，哥哥可要恼了。"

阿萝似是当了真，嘟嘴嗡嗡道："人家说笑的，哥哥竟也要恼我。"

念西听罢又忙去哄她，两人一时恼了，一时好了，却又厮抬厮敬，也是有趣得很。

之衡还记得第一次见到阿萝，那是在台风过后的难民区里。他远远望见一个小女孩，孤零零蹲坐在那里，不哭不闹，旁人问她什么，她只知怯怯地往人身后躲，她的家人全遇了难，如今只剩她一个孤苦伶仃地留在这世上。

之衡不忍，将自己的大衣脱下为她披在身上。他轻声道："小姑娘，你叫什么名字？"

那小女孩抬眼怯怯望了望他，细声细气柔柔道："我想吃梅子糖。"

小小的稚嫩的声音令之衡有着瞬间的恍惚，他仿佛看到了从前的自己。

还记得那一年，他随父亲一家去北平赴寿宴，借居在季府客房，他同大哥楚赫比邻而居。一日午间，大哥的墨玉扇坠子不知怎样碎掉了，却偏有小厮直言，曾见过林少爷进了大少爷房间。

那欧阳夫人斜坐在红木椅上，她的银线镂海棠旗袍底下缀着窄窄的荷叶弯边，听得小厮所言，她颦眉蹙额："青阳，你直言非你所为，但如今却有明证在此，你又作何解释？"

之衡直直望向她，高声回道："欲加之罪，何患无辞。太太定要纵曲枉直，青阳也别无他法。"

那欧阳夫人听得不禁柳眉倒竖，面冷言横道："如此，倒是我冤了你了，你既有这般气节，不寻得证据为你自己洗脱嫌疑，你便不许吃饭！否则，你便去面壁思过，仔细考量考量你的所作所为！"

之衡愤愤不平，明明碎玉之人并不是他。他独自在廊间闷坐了一整天，也无人在意他，夜风微凉，他穿得单薄，风一吹便有透心透骨之意，他不禁大大打了几个喷嚏，顿时有些头晕耳热。他一人歪倚着廊柱，颇有凄凉之感。

顷刻之间，他忽而听得一声小小的惊呼："大家都去吃晚饭，你怎的却在这里坐着？"

　　他举目望去，只见两个用人陪着一个穿鹅黄袄裙的小女孩，她的眼眸有一股认真的神气。

　　他喏喏回道："太太罚我不许吃饭。"

　　那女孩子沉默了半晌，忽而她抬起眼帘，眸间是满满的关切。她举着白胖的小手，递给他一只花玻璃纸包的糖果，微笑道："我请你吃梅子糖！等你睡一觉起来，身上暖和了，我还能冰梅子给你吃！小哥哥，你要好好的！"

　　他就那样怔怔立在那里，酸酸甜甜的梅子糖，他含在嘴里，却是说不出的滋味。

　　他不晓得是不是从那时起，他便对她有了莫名的情愫。

　　之后他出洋求学，人在国外，举目无亲，寻常人思念家乡，总有秋叶飘零之感，可之衡却不然，他终于得到了向往已久的自由。在不列颠，他同南山进了同一间学校，闲暇时常常听南山谈起那个女孩，不晓得是什么缘故，他只是想将那个女孩从南山心里夺过来。

　　他也确实将她夺了来，却夺进了他自己心里。他的多情不如他的野心，他的欲望又胜过他的运气，他想要爱得高远却又无法承受爱的沉重。

　　在那些无边无涯的日子里，深陷局中的他像一只蚂蚁，一块巨石压在身上，他喘不过气来，但又无路可退，只能遁地而逃。他只想呼吸一口畅快的空气，可四周全是深沉的夜幕，气息凝固在沉重的晦暗里，他快要窒息了。这时候，他遇见了她，她是一缕清风，带来鲜活的空气，只有她在，他才可以呼吸。

也许，这是爱情吧。

他渐渐晓得，同她一起，他才成了真正的血肉之躯，他仿佛生来就是为了遇见她的，他们是相依为命的两个人。她离去后，他便破碎了，一片一片的，拼不起来了。如今，他是永生的死亡本身。

还有他第一次同子枫声色俱厉的争吵，他第一次对子枫大动干戈，他龇牙瞪目，似已疯癫，他已全然不是他了，他高声怒吼道："是你杀了她！"

子枫揉捏着瘀青的臂膀，亦嘶声道："到底是我的计策杀了她，还是你的野心杀了她？"

之衡似乎有片刻的恍惚，他嗫嚅道："是的，我本可以同她走的，我本可以什么都不要，只同她走的，是我杀了她……"

他重重地跌坐在地上，一缕发颓然地垂在额间，他簌簌落下泪来。

子枫轻声叹息道："青阳，季小姐立意自戕，全全是为保全你。若她不死，不论吴睿昇抑或宋绫卿，均要置你于死地。她一番心血，你就要如此白白断送了么。"

之衡望着桌上那小小一只玉匣，他无法想象，曾经那样血肉鲜活的一个人，如今却冰冷冷静悄悄躺在这里。他哭泣着，气滞声噎，沉沉道："你如何忍心留我一人在这世间，路上有荆棘，我在前面，我来开路，我护着你，即便是死也在一起。为何你要舍我而去，你明明晓得，我在你手里，非生即死。"

嫡西走的一刹那，之衡现在想起来，只仿佛一切繁华热闹都已成了过去，从此再没他的份。

他曾以为时光能冲淡一切，后来却发现不能。他听闻弟弟南山前年去了北平，是因着受了聘请，到大学里教书。南山如今也已娶妻生子，自有一番作为了。少年总会长大，单纯之人也会世故。南山终究不能原谅他，就像他终究不能原谅自己，他的余生是要在对她无止息的怀念里度过了，他想。

白云苍狗，弹指之间而已，廿八年如一瞬，说来却已是良久。他仍时常梦到她，梦里总是好的，像欧阳修的那一句，爱道画眉深浅入时无，笑问鸳鸯两字怎生书？梦里总是雪天，她谈笑间会哈起白白的水雾，她挽着他的臂，同他絮絮说着旧日的种种，似是要将一刻拉扯成一生的长度，她不许他离开。

一觉醒来，大梦唏嘘。

逝去之事不可追，他已垂垂老矣。

# 《太平年》大事年表

公元（年）

| | |
|---|---|
| 1915 | 林之衡（字青阳）生辰（乙卯年九月三十） |
| 1917 | 欧阳楚义（字南山）生辰（丁巳年四月十八） |
| 1920 | 季婀西生辰（庚申年九月初八） |
| | 何嘉臻生辰（庚申年六月初三） |
| 1921 | 苏墨棋生辰（辛酉年十月廿七） |
| 1928 | 池田千雪病逝，吴睿昇入读军校 |
| 1930 | 季婀西同欧阳楚义与林之衡于北平初次相遇 |
| 1931 | 欧阳楚义赴英 |
| 1933 | 吴睿昇同何嘉臻于上海初次相遇 |
| 1934 | 欧阳林任总都督 |
| 1935 | 季婀西同林之衡于北平再次相遇，二人签订终身 |
| | 同年林之衡返回南都 |
| | 吴睿昇同陆丹朱于北地成婚 |
| 1935—1937 | 林之衡同季婀西往来书信 |

| | |
|---|---|
| 1938 | 季媖西祖父逝世 |
| 1939 | 林之衡同宋绫卿于南都成婚 |
| 1939—1941 | 季媖西入读香港大学文学院 |
| 1941 | 珍珠港事变，香港沦陷 |
| | 欧阳楚义同季媖西于香港重逢，暂居西山小筑 |
| | 欧阳楚赫于南都遭遇汽车爆炸事故，重伤昏迷 |
| | 欧阳楚义于香港返回南都 |
| | 林之衡只身于南都赴香港同季媖西重逢 |
| | 季媖西身受枪伤，二人涉险逃离香港 |
| 1941-1942 | 季媖西于粤东吴睿昇别院休养康复，同林之衡冰释前嫌 |
| | 同年季媖西同林之衡于粤东赴南都 |
| 1942-1945 | 林之衡同季媖西静居于南都梅林西苑 |
| 1945 | 何嘉臻于南都刺杀林之衡未果，服毒自尽 |
| | 苏墨棋同辰子柏于上海成婚 |
| 1946 | 林之衡同季媖西于南都成婚，同年二人迁居蜀州 |
| | 欧阳林与欧阳楚赫于南都相继病逝 |
| | 欧阳楚义于南都赴香港，同年接家属赴香港 |
| 1947 | 季媖西同苏墨棋于蜀州重逢 |
| | 林之衡同季媖西之子林念西于蜀州出世 |
| 1948 | 林之衡登报声明同季媖西脱离婚姻关系 |
| | 同年季媖西于北平逝世 |

| | |
|---|---|
| 1949 | 吴睿昇举家赴美定居 |
| | 林之衡举家迁居琉岛 |
| | 辰子枫代替林之衡于琉岛打理一切事务 |
| 1951 | 欧阳楚义于香港赴北平，任教于燕京大学 |
| | 同年欧阳楚义同一张姓小姐成婚 |
| 1953 | 吴睿昇遭遇飞机失事事故，重伤身亡 |
| 1968 | 欧阳楚义于北平投湖自尽 |
| 1994 | 宋绫卿同辰子枫于琉岛相继逝世 |
| 1995 | 林之衡于琉岛病逝 |